出戻り（元）王女と一途な騎士

イチニ
Ichini Presents

fairy kiss

この作品はフィクションです。
実際の人物・団体・事件などに一切関係ありません。

出戻り（元）王女と一途な騎士

fairy kiss

序章

二階にある勉強部屋には、大きな窓があった。

机に座ると、その窓から、ちょうどよい角度で広場を見下ろすことができる。

王宮の広大な敷地内には騎士たちの寄宿舎があり、広場は彼らの訓練場として使用されていた。

若い男や、まあまあ若い男。そこそこ年齢がいっていそうな男。背の高い男もいたし、小太りの男もいた。

髪の色も茶色や黒や金髪やら赤毛やら、様々である。短髪や長髪、ふさふさな男もいれば、つるつるの男もいた。

男たちは皆同じ服を着て、組み手をしたり、棒剣《ぼうけん》を振り回したりしていた。

中にはただ、広場をぐるぐる走っているだけの男もいる。

彼らをぼんやりと眺めていたアデルは、黒髪の小柄な少年を見つけて唇を緩めた。

少年の周りにいるのは、彼よりも体格のよい男ばかりだ。そのせいか少年はひときわ小柄に見える。

今日の彼は棒剣を握っていた。

対峙《たいじ》する中肉中背の男が振り下ろす棒剣を、ひょいひょいとあしらうように避《よ》けている。

そして身軽な動作で素早く跳躍して、相手の棒剣を足で弾いた。

勝負がついたのだろう。指導者らしき大柄な男が二人に寄ってきて、何かを話して聞かせている。

アデルがじーっと、その様子を食い入るように窓から見つめていると、これだけ距離が離れているというのに、熱心な視線に気づいたのか、少年が仰向いた。

アデルと目が合い、嫌なものを見たとばかりに眉を顰《ひそ》める。

視線が合ったのはほんの僅かな時間だった。

よそ見をしたことを叱られたのだろう、隣にいる大柄な男に頭を叩《たた》かれている。

アデルはふふっ、と思わず声を立てて笑ってしまった。

「……アデル殿下」

アデルの笑い声に、本棚の傍《そば》に立っていた家庭教師が、きつい声音でアデルの名を呼んだ。

「……お読みになっていますか?」

「もちろん。読んでいますとも。パルケル夫人」

厳しい顔で見下ろしてくる家庭教師に向かって、アデルはにっこりと微笑《ほほえ》み、手にしていた本に目を落とした。

パルケル夫人はわざとらしく溜《た》め息を零《こぼ》すと、ツカツカと足音を立てながら寄ってきて、窓から外が見えぬようレースのカーテンを閉めた。

一章　初恋

大陸の南西に位置するライツヘルド王国の国土は、狭くはないがそう広くもなく、国の歴史も大陸の中では長くもなく短くもなかった。

豊かな国でもなければ貧しくもない。特に目立った産業はないものの、気候に恵まれ、地下資源はそこそこある。

アデルはその平凡な国ライツヘルドの、三番目の王女であった。

一番目の王女は語学に堪能で才媛として名高く、二番目の王女は艶やかな金髪に鮮やかな碧眼《へきがん》の美姫だった。

アデルは栗《くり》色の髪に、焦げ茶色の瞳をしていて、美少女と呼ばれたことはなかったが、まあまあ……それなりに、そこそこな顔立ちをしていた。

そして容姿だけでなく頭のよさも、まあまあそれなりでそこそこの、いたって普通の姫君だった。

アデルと同じ、それなりの顔立ちだった母は、アデルが三歳のとき病気で亡くなった。

臣下たちは母の死後、再婚を勧めたというが、父王は母一筋を貫いた。

三人の姫以外にも王太子の兄がいたため、父の我儘《わがまま》は許され、王妃は不在のままであった。

なので当然、継母《ままはは》はいない。継母がいないので、当然、血の繋《つな》がらない妹や弟も存在しない。

賢い姉と美しい姉は、自分たちより見劣りする妹を『みっともない』とか『出来損ない』と言って——いじめたりはしない。

母の愛情を知らぬアデルを哀れに思ってか、とりわけ大事に、時折姉妹で奪い合うように愛を注いでくれた。

王宮騎士団の中には、見映えのよい男性もいた。

けれど彼らは、王太子である兄の傍でウロチョロすることはあっても、三番目の王女を相手にすることはなかった。

「だから、お前で妄想を膨らませるしかないの。実はお前がお姉様に密《ひそ》かに片想いしているとか……隠しているけれど、本当は女の子でお兄様に淡い恋心を抱いているとか」

アデルは椅子に座り、テーブルの上に置いている流行《はやり》の恋愛小説をパラパラと捲《めく》りながら、隣に立つ少年を見る。

少年は眉間に皺《しわ》を寄せて、不機嫌顔で突っ立っていた。

黒髪に黒い瞳。つるつるの肌をした可愛《かわい》らしい顔立ち。

年齢は二歳年下で、身長もアデルより低い。

少年の名はルイスという。

彼は武人を多く輩出することで有名なバトリー男爵家の子息だった。

見習い騎士の彼がアデル付きの騎士になったのは、半年前のことである。

小柄なのも年下なのも瑣末《さまつ》なことだ。

半人前の見習い騎士だと嘲りはしない。

ただ——アデルは彼が笑う姿を見たことがなかった。それが少々、気に入らない。

時折アデルがつまらない失敗をしたり、質問をしたりすると、皮肉げに笑むことはあった。けれど……あれは笑みは笑みでも、なんだか馬鹿にされているように感じるので、ちょっと違う。

驚いた顔も見たことがない。もちろん泣いた顔も。

不機嫌顔の顰《しか》め顔か、無表情。ときどき嫌みな笑み。声をかければ返事はするけれど、それだけ。

王女であるアデルとの馴《な》れ合いをよしとしないのは、騎士としては有能なのだろうが、つまらない少年だった。

しかし不満はあるものの、アデルは彼が棒剣を振り回している姿を眺めるのは好きだった。

小さな体が、あちらこちらへ、跳び回る。

自分よりもひと回りもふた回りも大きな相手にでも、向かっていく。

その姿を見ているとワクワクした。

彼のように走り、跳び回ることができたならば、どれほど楽しいだろう。

「でも……叶わぬ恋をしているより、勇敢な勇者のほうが似合うわね。ルイス、お前は今はまだ小さいけれど、きっといつか、この国一番の、いいえ大陸一の剣士になれるわ。わたくしが保証する。あと、これ。お義姉様《ねえ》に返してきて」

「……はい」

花柄の刺繍《ししゅう》がしてある義姉お手製のカバーがかけられた本を渡すと、ルイスは目を眇《すが》めながらも頷《うなず》く。

王太子である兄の妻。王太子妃である義姉は、無類の恋愛小説好きであった。

実のところアデルは恋愛小説よりも冒険活劇のほうが好きなのだが、義姉には内緒である。

些細《ささい》な趣味の違い。そういうちっぽけな行き違いを侮ってはならない。

何気ないきっかけで、義姉による壮絶ないじめが始まるのだ。

恋愛小説には、そう書いてあった。


アデルは午前中はたいてい勉強をしている。

語学教師であるパルケル夫人以外にも、マナー教師やダンス教師、歴史学の教師もいて、日替わりでそれぞれの授業を受けていた。

昼を過ぎると自由時間だ。

読書をしたり、王宮の庭を散歩したりする。

ルイスも午前中は見習い騎士として騎士団の訓練に参加していた。

彼がアデル付きの騎士になるのは、午後になってからだ。

アデルが本を読んでいるのを、ルイスは部屋の隅や扉の前に控えて見守る。たまに他愛のないお喋《しゃべ》りもする――ずっと、アデルが一人で喋っているだけだったけれど。

庭を散策のときも、ルイスはアデルのあとを三歩ほど離れてついてくるのだが、アデルが喋らないと、延々と沈黙が続いた。

話しかけても、つまらなそうに必要最低限の返事をされる。

驚かせようと、突然『わっ！』と大声を出すと、ピクリと眉が動き、唇が歪《ゆが》みはするが、慌てる様子は一切なく、無表情が呆《あき》れ交じりの皮肉げな顔に変わるだけだった。


アデルは十歳の頃から、ひと月に一度は必ず、王都にある孤児院へ慰問に訪れていた。

王族としての公務の一環であったが、彼らに会うのをアデルはいつも楽しみにしていた。

ライツヘルドの孤児院は年齢により振り分けられていて、アデルの慰問先は比較的幼い子どもが多かった。

お茶会などで親しくしている令嬢たちは同年代か年上ばかりで、年下の者はいない。自身が末っ子なのもあって、幼子に『姫様』と慕われると、満たされた気持ちになった。

騎士団の中では、今のところルイスが一番若い。

だから彼もアデルと同じで、年下の者たちに慕われるのは嬉《うれ》しいに違いない。

いつもと異なる彼を見ることができるかもと淡い期待をして、同行させたのだけれど。

「お前……もう少し、愛想よくはできないの？」

「申し訳ありません」

期待とはうらはらに、ルイスはいつもと同じ無表情のままで、そんな彼に近寄るのが怖いのか幼子たちから遠巻きにされていた。

彼らとルイスを仲良くさせるにはどうしたらよいか思案していたのだけれど、なぜか今日に限って貴族の令嬢たちが、アデルたちより遅れて、慰問に訪れた。

孤児院の子どもたちに、手作りの焼き菓子を差し入れに来たらしい。

「騎士様、配るのを手伝ってもらえるかしら。あ、アデル様、お付きの方をお借りしてもよろしいですか」

アデルより年上らしき令嬢が優雅な微笑みを浮かべて言う。断る理由がないので、にっこりと笑みを返した。

「もちろんです。ルイス。お手伝いを」

「はい」

アデルが命じると、ルイスは彼女たちを手伝いに向かった。

「可愛らしい騎士様ね」

「お名前はなんていうの？」

話し声が聞こえてくる。

むさ苦しい男たちではなく、華やかな令嬢に囲まれている彼は、普段通りの無表情に見えるけれど……少しだけ鼻の下が伸びている気がした。

なんだか胃のあたりが、食べすぎたときのようにムカムカとしてきた。

しかしアデルは王女である。ムカつきを態度で示すような真似《まね》はできない。

「わたくしも、お手伝いいたしますわ！」

平然と、全く気にしていないふうを装い、皆の輪に加わった。

令嬢たちは焼き菓子を配り終えると、慌ただしく帰っていく。別の孤児院へ配りに行くらしい。奉仕活動は貴族の子女の嗜《たしな》みではあったが、彼女たちの態度に『やらされている感』はなく、皆いきいきとしていた。

立派な淑女になるため、見習わなければならない。

「お前も鼻の下を伸ばしてばかりいないで、彼女たちを手本にしなければ」

せっかく今後のために窘《たしな》めてあげたというのに、ルイスは不快げに眉を寄せる。全く心に響いていないようだった。

「アデル様。アデル様もやりませんか？」

今度はアデルと同年代の集団が、トコトコとこちらに寄ってくる。

先頭にいた少女がにこにこ顔で話しかけてきた。

「何かしら」

「これです」

少女の掌《てのひら》には、黄緑色をした膨らみのある、小さな花の実があった。

「この中に種が入っていて。願いを込めて開いて、緑色の種だったら願いは叶《かな》わない。茶色い種だと願いが叶うそうです」

花占いは知っていたが、花の実占いは初めて聞く。

アデルは少女から花の実を受け取り、ルイスに渡した。

「やってみなさい」

「……私がですか？」

「ええ」

ルイスは渋々といったふうに花の実をこじ開けた。

「わあ。茶色！」

中から小さな茶色い種が出てきて、少女が手を叩いた。

どうやらルイスの願いは叶うらしい。

「お前、何を願ったの？」

「ライツヘルド王国の繁栄を祈りました」

「そう……」

つまらない子ね、などと思いながらも、もしも緑だったらライツヘルドは滅んでいたのかと、怖《おそ》ろしくなった。

「アデル様も」

アデルは少女から、新たな花の実を渡される。

「ええ」

アデルは何にしようか考えて、迷いながら、ひとつのことを願った。

そうして、割ろうとしたのだけれど、なかなか上手《うま》く種を出すことができない。

「殿下、潰れていますが」

ルイスが不器用なアデルを見て、皮肉げな笑みを浮かべた。

「わかっています」

「アデル様。先をこうしたら、綺麗《きれい》に裂けますよ」

イラッとしてルイスを睨《にら》むと、少女が優しく指導してくれた。

教えてもらった通りに先を押さえてみる。すると今度は、すんなりと種が出てきた。

「アデル様も！　茶色！」

小さくて茶色い種に、アデルは微妙な気持ちになった。

きっと……出てくるのは緑だと……そう思っていた。だから素直に喜ぶことができなかった。

「……殿下？」

喜ばないアデルを不思議に思ったのだろう。ルイスが訝《いぶか》しげに名を呼んだ。

「よかったわね。わたくし、お前の背が伸びますようにと願ったの」

アデルが咄嗟《とっさ》に吐《つ》いた嘘《うそ》に、ルイスは不愉快げに眉を寄せた。

◆◇◆

緩やかに、なだらかな時が過ぎていった。

ルイスは騎士見習いのままだったが、アデル専属ではなくなったので、以前ほど頻繁には顔を合わせなくなった。

広場で汗を流す彼を眺め、時折声をかける。それくらいだ。

背は少し伸びたかもしれないが、可愛らしい顔は変わっていない。

表情筋も相変わらずだ。

唇を歪めてみせることはあっても、微笑んだり、大笑いをしたり、驚いたり、泣いたりする姿はまだ見たことがない。

アデルは見違えるほど美しく……なってはいなかった。

身長が伸び、それにともない体重が増え、胸がほんの少しだけ膨らんだくらいだ。

ルイスは十四歳になり、アデルは十六歳になっていた。


父王は最近めっきり老け込んで、政務を王太子である兄に任せていた。

だから兄の執務室に呼ばれたとき、アデルはそのことなのだろうとすぐに察した。

予想していたので、兄の言葉を聞いてもアデルは特に驚きはしなかった。

しかし、義姉限定でうさんくさい笑みを浮かべることはあっても、ルイスに負けず劣らず愛嬌《あいきょう》などかけらもない兄が、このときは意外にも苦虫を嚙《か》み潰したような表情で、アデルと同じ焦げ茶色の双眸《そうぼう》に罪悪感を浮かべていたのだ。

アデルは兄の様子に、とても驚いてしまった。

冷酷無慈悲で、国家と民のためには妹のことなどあっさりと切り捨てる。アデルのことは単なる駒としてしか見ていない。肉親の情など、あったとしても爪先程度だろうと思っていたのだけれど、どうやら違ったらしい。

「お兄様。そのようなお顔をされずともよいのです。お兄様がこの国の王太子であるように、わたくしはこの国の王女なのですから。立派に責務を果たします」

アデルは微笑みを浮かべ、そう言った。

もしかすると兄は、アデルを馬鹿にしていたのだろうか。

アデルの言葉に、驚いたように目を瞠《みは》った。

そして小さく息を吐き、いつも通りの『王太子の仮面』を被《かぶ》った。

兄にその『話』を聞いた翌日から、アデルは手当たり次第に、恋愛小説を読み始めた。

義姉から貸り、話を合わせるために仕方なく読むことはあっても、自ら進んで恋愛小説を読むのは初めてのことだった。

恋愛小説の中にある『恋愛』は、アデルにとって『冒険活劇』と同じくらいに夢物語だ。けれど冒険とは違い、恋愛は身近にあって、手が届きそうな夢を見るのは少しばかり勇気がいった。

でき得る限り手に取るのを避け、読んだとしても感情移入をしないよう気をつけていたのだが、今回は悠長に、勇気がないと嘆いている時間も、身構えている余裕もなかった。

アデルは流行の恋愛小説から、古典的な恋愛小説まで、何冊もの恋愛小説を時間が許す限り読みあさった。

「これね。これだわ！」

その中で、もっとも参考になりそうなものを見つけて、作戦を立てる。

作戦の決行は前日にした。

早すぎたらギクシャクしてしまいそうだし、当日は忙しいので無理だ。もしかしたら、なんらかの事情で彼がいない場合もあったけれど、そのときは運がなかったとして諦めるつもりだった。


その日、広場を見ると、ルイスは騎士団の仲間たちと元気そうに訓練をしていた。

アデルはその様子を確認したあと、ルイスの上司にあたる騎士団長に、彼に用があるので、自室に来るように命じて欲しいと頼んだ。

騎士団長は背が高く、がっしりした体格をしていた。無精ヒゲを生やしていて熊のごとく雄々しい。彼はアデルの頼みを耳にすると、なぜか『労《いたわ》しいもの』を見るような眼差《まなざ》しで見下ろしてきた。

(もしや、バレているのだろうか……)

心まで鋼でできていそうな熊なのに、乙女心がわかるとは人は見かけによらない。

アデルは騎士団長を安心させるため、話が終わればすぐにルイスを返すからと、微笑みを浮かべ約束をする。騎士団長はホッとした顔で、了承してくれた。

自室に戻り待っていると、少ししてルイスが現れた。

なんの用で呼ばれたか知らないルイスは、訓練を邪魔され不機嫌そうであった。

「お前、少し、目を瞑《つむ》っていてちょうだい」

すぐに返すと約束していたし、世間話をしていると決心が鈍りそうだったため、アデルは性急に言った。

「……なぜですか?」

「命令です。目を瞑りなさい。絶対、開けてはなりません」

王女殿下のご命令である。ルイスは渋々といった感じで両目を閉じた。

真夏日が続いたせいだろう。

つるつるとした、吹き出物ひとつない肌はこんがりと日に焼けていた。

目を閉じているので睫《まつげ》が長いのがよくわかる。通った鼻梁《びりょう》に、かたちのよい薄い唇。

輪郭が丸いため、年齢より幼く、可愛らしく見える。

王族への拝謁だから、訓練服から見習い用の騎士服に着替えていた。

しかし髪までは気が回らなかったのか、黒髪には土埃《つちぼこり》がついていた。

アデルは無性に、黒髪に触れたくなった。

土埃を綺麗に指で払いたくなる。けれど……我慢をする。

黒髪に触れる代わりに、ルイスの目の前で指を振った。薄目を開けていないことの確認である。

命令を守り、固く目を閉じていた彼は無反応だ。

アデルは鼓舞するように一度頷き、そうしてから、そうっと首を傾け、ルイスの唇に自分の唇をくっつけた。

アデルはそのとき初めて、自分よりも低かった彼の背が、いつの間にか同じくらいになっていたことに気づいた。

初めての口づけだ。

恋愛小説では、サクランボ、またはレモンの味がするとか、雷に打たれたような衝撃が走るなどと書いてあった。

けれどサクランボやレモンの味はしなかったし、痛くも痒《かゆ》くもなく、なんの衝撃もなかった。

ただ薄くて硬そうなルイスの唇が、意外にもふっくらしていて、ほんのり温かかったことに少しだけ驚いて、ドキドキした。

くっつけたのは一瞬だけだ。

唇を離すと「もういいわよ」とアデルが許可する前に、ルイスがパカッと目を開けた。

「……何をしたんですか？」

眉がギュッと寄っている。

怒っているように見えるけれど、耳が赤い。

日に焼けているからわかりづらいというのに、頬がどんどん、みるみるうちに真っ赤になっていく。

こんなルイスを見るのは、初めてだった。

「お前、背がようやくわたくしに並んだわね」

アデルは初めて見るルイスの姿が嬉しくて、にっこり笑って言う。

「おれはまだ十四歳です。これからもっと伸びます」

動揺してるのだろう。

ルイスの一人称はいつも『私』だった。なのに今は『おれ』になっている。

友達や仲間、同僚、そして家族。親しい者といるときは、きっと『おれ』なのだろう。

しかしアデルはこの国の王女であり、ルイスは見習い騎士だ。

それ以上でも、それ以下でもない。それだけの関係だ。

「殿下が……祈ってくださったので、もっと伸びるでしょう」

切なくなっていると、ルイスがムスッとした顔をして言った。

彼がなんのことを言っているのかアデルは思い出し、胸が痛んだ。

以前、一緒に訪れた孤児院で花の実占いをした。

茶色い種が出たら願いが叶う。そう教えてもらったけれど、やはりああいうものは子ども騙《だま》しのお遊びだった。

花の実から出てきたのは、茶色い種であった。しかし願いは叶わない。——あのときアデルは本当はルイスの身長のことなど願っていなかった。

ささやかで甘い欲を抱いてしまい、つい願ってしまったけれど、それが叶わないのは当時から……いや、ルイスと出会った頃から知っていた。

だから茶色い実が出てきても、素直に喜べなかったのだ。

「そうね。でもわたくしは、これからお前の背がどれだけ伸びるのか、知ることはないわ。明日、国を出ます。わたくし、結婚するの」

アデルは胸の痛みを悟られぬよう必死で笑みを浮かべた。けれど、どうしても彼の瞳を見ることができず、ルイスから顔を逸らしてしまう。

「お前がライツヘルドで一番の剣士になる日を、遠い異国の地から祈っています。そして、どうか、お兄様と国と民のために、立派な騎士になってください」

少年はしばらく俯《うつむ》いていた。

そして――王女の前に跪《ひざまず》き、騎士の礼を取った。


知識豊かで才女な一番目の姉は、国の連携を密にするため宰相家の嫡男に嫁いだ。

二番目の可憐《かれん》で美しい姉は、遊学に訪れていた隣国の王太子に見初められ、王太子妃になった。

そして、三番目の特に取り柄のない王女は、大国へ側室として嫁ぐ。

三か月前、大国の王が崩御し、新王が起こった。同時に、前王の後宮が解散され、新王の後宮が作られた。

正妃の他に十人余りの側室と愛妾《あいしょう》がすでにいるらしいが、同盟国や庇護《ひご》を求める国から、連日、姫君が差し出されているという。

近隣諸国が側室を嫁しているというのに、ライツヘルドだけが何もせぬわけにもいかない。

姉たちはすでに既婚者で、王家の縁戚にあたる従姉妹《いとこ》たちはまだ年若い。適齢期の姫はアデルしかいなかった。

兄が双眸に罪悪感を浮かべていた理由は、妹を大国への貢ぎ物として差し出すこと。それだけが理由ではなかった。

アデルの嫁入り道具の中には、大量の避妊薬があった。

決して大国の子を産まぬように。大国や他の国と波風を立てぬよう、ひっそりと目立たず、たくさんいる側室のうちの一人になるのだ。

まさに、特に取り柄のない王女のためにあるようなお役目である。

兄は侍女と、望むなら騎士も一人つけてくれると言った。

侍女は一年ごとに変えてくれるよう、兄にお願いした。仕事とはいえ、長きにわたり故郷を離れ、アデルに付き合わせるのが不憫《ふびん》に思えたからだ。

騎士のほうは、いらないと断った。

ルイスの顔が頭に浮かんだけれど、一瞬だけですぐに消えた。

夢と希望に満ち溢《あふ》れた少年を、アデルの我儘の犠牲にしたくはなかった。

——初めてルイスを見かけたのは訓練場だった。

彼は騎士団長から『しごき』を受けていて、他の者たちが疲れ果て地面に伸びている中、彼だけが爛々《らんらん》とした眼差しで、騎士団長に向かっていた。

倒れても、何度も起き上がった。

アデルより年下で、体も小さく顔も女の子みたいに可愛らしいのに、ルイスは物語の勇者のように勇敢だった。

物語のお姫様ならば勇者に恋をして、勇者もお姫様を愛することだろう。

そして二人は皆に祝福され結婚する。

けれどアデルは王女ではあるが、物語のお姫様ではない。

ルイスが勇者のようではあっても、勇者ではないように……決して変わらぬ事実であった。

アデルは一国の王女として、ルイスが立派なライツヘルドの騎士になるのを祈った。

十六歳の夏。

アデルは生まれ育った故国ライツヘルドから、見知らぬ大国へと嫁いだ。

旅出ちの日は、まるでアデルの心のような曇り空……ではなく、澄み渡った空が広がる晴天だった。

馬車の中は小窓を開けていても蒸し暑く、涙の代わりに、拭っても拭いきれないほどの汗が零れた。

二章　未亡人

故国ライツヘルドの地を離れてからの月日は、王の寵愛《ちょうあい》を求め、美姫たちが競い合う後宮物語そのものであった。

過酷ないじめ、嫉妬と姦計《かんけい》。そして毒殺。

栄華を極めている大国の王は、後宮でひっそりと暮らす、なんの取り柄もなさそうな平凡な王女を見初める。

そう、なんの取り柄がないところが、取り柄なのである。

王の寵愛を縦《ほしいまま》にし、王妃からは嫉妬の嵐。そして毒殺。

けれどなんやかんやで、最後はもちろんアデル王妃の誕生である。万歳。

――ということは、もちろんなかった。

後宮での生活は、驚くほどに平穏だった。

嫉妬や陰謀が入り乱れた女の戦いとはほど遠い穏やかな日々は、想像していたものとは全く異なり、肩透かしであった。

広大な後宮には四十人ほどの側室がいて、それぞれに豪華な広い部屋が割り当てられていた。

一日三食。おやつ付きの食事は、健康に配慮されているうえに美味《おい》しい。

広大な書庫もあり、側室らが歓談できる広間もあった。

月に何度か、編み物教室やダンス教室、絵画教室や東洋の美容体操教室などが開催されていた。

側室たちは賓客として大事に扱われていたため、後宮と聞いて密かに期待していたような、おどろおどろしさは皆無であった。

女の園である。時折、諍《いさか》いも起こりはした。

しかし皆、王女あるいは王族に近い立場にある。国や家を背負っているので、大きな問題には発展しない。

側室たちの間で恋愛小説を回し読んだりしながら、『現実ってこんなものよね』と苦笑し合った。

というのも、寵を競わねばならぬ王が、皆の『お父さん』といったふうだったからである。

四十歳になったばかりの王は年齢よりも若く見えたが、飄々《ひょうひょう》とした雰囲気の博愛主義者だった。

そのうえ、すでに王妃との間には、王太子時代に生まれた六人もの王子と三人の姫がいた。

王と王妃の絆《きずな》も深く、子煩悩でもあったので、側室が子をいくら産もうとも、もはやどうしようもない感が漂っていた。

まったりと日々が過ぎていく。

その中で子を授かる側室もいた。

他人の子どもであっても、幼子は可愛い。彼らの成長を見守り、王からひとときの寵愛をいただいたりもして。

そうして、あっという間に、八年の月日が経《た》ち――王が崩御したのはアデルが二十四歳のときであった。

ひと月ほど前から体調を崩して寝込むようになった王は、そのまま回復せず亡くなった。

大国の臣下や民、もちろん側室たちもひと月の間、喪に服した。

そしてその後、後宮は慣例にのっとり、解散されることとなった。

子を産んだ者は子の母として立場を得て、大国に残ることが許されたが、それ以外の者たちは新たな道を探さなければならなかった。

王妃は側室一人一人と面談をし、行く末の相談に乗ってくれた。

側室の中には新王に見初められ、新たな後宮に入る者もいたし、大国の貴族との縁組を求める者もいた。

アデルは特に希望はなく、誰にも見初められなかったので、故国へ帰ることが決まった。

未亡人として――。

未亡人。未亡人である。

忌服期間はすでに明けていたが、アデルは黒いドレスを着用し故国に戻ることにした。

見送りに来てくれた元王妃の王太后に『故国に戻る際にも王を悼むとはなんと健気《けなげ》なのでしょう』といたく感動され、アデルは居た堪《たま》れない気持ちになった。

もちろん亡き夫を悼んではいる。

悼んではいるが、未亡人という立場に酔いしれてしまっていたのも事実だ。

不謹慎だったと、アデルは心の中で反省した。

◆◇◆

八年ぶりのライツヘルドは、馬車の中から見る限り、特になんの変わりもなかった。

風景を眺めていると、八年前のことが鮮やかによみがえってくる。あの馬車の中のうだるような暑さが、まるで昨日のことのように思い出された。

アデルは王宮に向かう前に、両親のもとに立ち寄った。

王都にある共同墓地の一番奥。塀で囲まれた一角が王家の墓地となっていた。

祖父や祖父母、曾祖父母など多くの墓が立ち並ぶ中に、新しい墓石で作られた大きな墓がある。

そこに三歳の頃に亡くなった母と、二年前に亡くなった父が眠っていた。

兄から届いた訃報の手紙には、病床に臥《ふ》した父が最期までアデルのことを案じていたと書かれていた。

アデルは心の中で『夫が亡くなったので未亡人として、戻って参りました。アデルはそれなりに幸せに暮らしています』と、両親に報告をした。

父を安心させることができたかはわからないけれど、すっと優しい風が吹き、アデルの頬を撫《な》でた。

ただの風だ。けれど、戻ってきたことを父が……父と母が喜んでくれている気がして嬉しかった。

墓参りを終えると、王宮へ向かう。

幼少期から少女期を過ごした建物は何も変わってはいなかったが、見覚えのある人々にはきっちりと八年の月日が流れていた。

祝事ではないため、アデルを迎えるための盛大な催しはなかった。

兄との謁見も未亡人である妹姫に配慮されたのか、簡易なもので、王の間ではなく国王の私室で行われた。

国王となった兄。そして王妃となった義姉。宰相と、宰相の子息と、その妻である一番上の姉がいた。

それから、小さな男の子が三人と、女の子が二人いる。

アデルが大国に嫁いだとき、義姉は妊娠中だった。どちらの子なのかわからないけれど、一番年かさに見える男の子が、当時お腹の中にいた子かもしれない。なんにせよ、どの子も可愛い甥《おい》と姪《めい》である。

義姉と姉が涙を浮かべ、順にアデルを抱き締めた。

「……息災であったか」

姉たちの抱擁がすむと、兄が躊躇《ためら》いがちに声をかけてきた。

「はい。お兄様。お兄様は……なんとお労しい……」

こんな労しいことがあってもよいのだろうか。

時間というのはなんと残酷なのだろう。

八年前はふさふさだった兄の頭皮が、寂しい有様になっていた。

アデルがもの悲しい様相の頭を見つめながら口にすると、宰相と宰相子息がグホッと呻《うめ》き、口を押さえた。

義姉と姉は、プハッと噴き出した。

「……お前は……。……元気そうで何よりだ」

頬をひくつかせながら、兄が言った。

◆◇◆

故郷に戻ってから三日後。

アデルは国王の執務室に呼ばれていた。

八年前と同じである。あのときと同じく、アデルは兄の用件がなんなのかを察していた。

アデルは未亡人ではあるが王族だ。王家に生まれた以上、果たさねばならない責務があった。

大国の側室としての役割を終えたとしても、王家の姫としての役割が消えたわけではない。

旦那様が亡くなったからといって、未亡人生活を謳歌《おうか》したりはできないし、慎《つつ》ましい修道女にもなれないのだ。

「お前の降嫁先を用意した……が、お前の気持ちを尊重したい。急ぎはしないので、よく考えてから返事をするように」

「いいえ。お兄様。急いでいただいて結構です。どちらにしろ降嫁しなければならないのなら、同じことですし」

出戻った女が、元王女としてふんぞり返り、いつまでも王宮でウロチョロしているのは外聞が悪いだろう。

兄王や国のため、政略結婚を命じられれば拒否するつもりなどなく、アデルは大人しく従うつもりだった。

容姿にはこだわりはない。

頭が寂しくとも気にしないし、背が低くても平気だった。腹が出ていても問題はない。

性格は穏やかであれば好ましいが、まあ多少のことなら我慢できる……はずである。

そしてできれば、子どもを産んでもよいと言ってくれる相手に嫁ぎたい。

アデルのささやかな希望であった。

「……八年前とは違う。降嫁先を用意しただけで、婚姻は王命ではない。お前が嫌ならばせずともよい」

てっきり断ることが許されない政略結婚だと思っていたのだが、兄は乗り気ではなさそうだ。

「……それほど、問題のあるお方なのですか?」

渋るのには何か理由があるのだろうか。

(顔がものすごく残念なのかしら。それとも、性格が極悪で殺人が趣味とか……)

ある程度のことは我慢できるが、犯罪的な性癖なのは受け入れがたい。

許されるのならば、別の相手にして欲しくなってくる。

「いや、念のため身辺をくまなく調べたが、問題は何ひとつなかった。ただ、お前も心の整理が必要だろう」

兄がアデルのドレス……黒いドレスに意味深な視線を向けた。

大国を出る際に喪服だったのに、こちらに到着した途端、着るのをやめるのはどうかと思い、アデルは今もなお黒いドレス姿だ。

亡き夫のことは悼んでいる。決して未亡人という立場に酔っているだけではない。

「本来なら降嫁の話は、お前が落ち着いてからするべきなのだが、いずれ他の貴族からもお前を望む声が上がる……とりあえずは婚約というかたちにしておいて、実際に婚姻するかどうかは、ゆっくりと考えればよいと思った」

初婚でないという欠点があっても、王家と縁戚になりたい貴族はいるらしい。

「ということは……お兄様のご指示による偽装婚約なのでしょうか?」

きっと相手の殿方も、王に命じられ仕方なく婚約に応じるのだろう。

よくあるお話である。

婚約者には本命の恋人がいるに違いない。

偽装だというのに婚約者を愛してしまったアデルは、嫉妬から彼の本命の恋人を虐げる。

夜会で彼女を見かけても無視するだろう。仲間の淑女たちにも無視するよう圧力をかける。ワインもかけるかもしれない。

あることないこと吹聴し、もしかしたら自分こそが彼女からいじめられたと、皆の前で訴えたりもする。

しかし気弱だったはずの本命の彼女は、実はものすごい人物で……そう大国の落とし子だったり、神々の子だったり、竜と契約をしていたりして、アデルの悪事が暴かれる。

婚約者は真実の愛に気づき、アデルは牢獄《ろうごく》へ行く。異国の孤島で罪をあがない続けるのだ。

縄で縛られ、船に押しやられているアデルのもとに、本命の彼女がやって来るに違いない。そして『ざまぁ』と嘲られるのだ。

（いえ、もっと過激な未来が待っているかも……）

そう、ライツヘルドが滅びるのだ。彼女と契約していた竜の炎によって焼き尽くされる。

人は皆死に絶えた——と思っていたのだが、一人だけかろうじて生き残っていた赤子がいた。

彼が今度は、祖国を滅ぼした竜を倒すため、竜の谷へと向かうのである。

「いや。お前の帰国を知り、向こうから娶《めと》りたいと願い出た。……お前のことを以前から慕っていたらしい」

「…………」

「……話を聞いているのか？」

冒険には仲間が必要だ。仲間たちの属性を思案していたアデルは、我に返る。

「聞いていますとも。……わたくしのことを以前から慕っていた方、なのですね。……まあ。そんな奇特なお方が？」

どこで見初められたのか、全く覚えがなかった。

一目惚《ぼ》れされるほど、容姿に秀でてはいないのだが――世の中には地味専という変わった嗜好《しこう》の者もいる。

恋愛小説においては、地味で平凡だとしても、高学歴で高身長の見目麗しい男に溺愛され、何もしなくとも、幸せが転がり込んできたりする。

逆に美人すぎる女性は、性格がねじ曲がっていたり、野心家だったりで『当て馬』の場合があった。

けれどもそれは物語の中のお話である。

現実では、美人であればあるほど、男性からチヤホヤされる。

もちろん皆が皆、美人好きというわけでもない。

地味専もいるし、ふくよか専もいるし、巨乳でちょっとブサイク専という者も、多くはないが少しはいた。

ちなみに『巨乳でちょっとブサイク専』は亡くなった大国の王、元夫のことである。

ちょっとブサイクではなく、アデルはそれなりの容姿である……おそらく。

しかし胸が若干貧しいのは間違いなく、アデルは夫の好みからは大いに外れていた。

(胸のせいであまり寵愛されなかった……顔は関係ないかもしれないけれど)

つらつらと考えを巡らせていると、兄は降嫁先の相手の説明を始めた。

「本来の身分は男爵家の子息なのだが、二年前、国境での諍いを収めた褒美として伯爵位を与えた。

今は副団長だが、いずれは騎士団を率いることとなるだろう。降嫁先として不足はない」

兄が言い終わるのと同時に、扉をノックする音が聞こえた。

「入れ」

兄が扉に向かって言うと、一人の男性が入ってきた。

紺色の騎士服を纏《まと》った長身の男だ。

年齢はアデルと同じくらいだろうか。もしかしたら少し上かもしれない。

艶やかな黒髪を後ろに撫でつけている。

かたちのよい額に、柳眉。冷たげな黒曜石の瞳。通った鼻梁に、薄い唇。

あまりに端整な面立ちをしていたため、アデルは驚いてポカンと口を開けてしまった。

「アデル」

阿呆顔《あほうづら》を晒《さら》していたのに気づかれ、兄から叱責するかのごとく強い口調で名を呼ばれた。

アデルは慌てて、口を閉じる。

「この者が……お前の降嫁を願い出ている奇特な者だ」

「まあ」

兄の余計な一言に突っ込む余裕などなく、アデルはじっと食い入るように、男を見つめた。

これはあれである。恋愛小説に出てくるアレである。

アデルを慕っているというのは嘘だ。お金に困り、家のために仕方なく、アデルを娶ることにしたのだ。

そして愛もなく私欲のために妻にした女を、いじめる奴《やつ》である。

本命の恋人は別にいる。間違いない。

男はいかにも妻を冷遇していそうな、酷薄げな美形だった。

初夜のときに、『お前はお飾りの妻だ!』と怒鳴られ、『愚かな。お前のような下賤《げせん》な女、この俺が抱くとでも思ったか!』と嘲られる。そして『勘違いも甚だしい!』と、冷たげな黒曜石の瞳に睨みつけられ、蔑まれるのだ。

(すごい。ちょっと罵られてみたい)

「……アデル」

あまりの興奮で、失礼だとわかってはいたが見入ってしまう。

アデルは兄王から再び名を呼ばれた。

「申し訳ございません。あまりにその……想像していたような方と違ったので、驚いてしまいました」

アデルの言葉に、美形の男は眉を寄せる。

その眉の寄せ方に既視感を覚えていると、男はその場に跪き、騎士の礼を取った。

「ご無沙汰いたしております。殿下」

「…………あの失礼ですが、どこかでお会いしましたでしょうか」

このように美しい男、一度見れば忘れるはずがない。

新手の詐欺の可能性がある。

会ったことがないのに、会ったと言い張る男には気をつけたほうがよい。

アデルが訝しんでいると、兄王が溜め息を吐いた。

「以前、お前付きで見習い騎士をしていただろう。ルイス・バトリー……今は爵位を得て、名が変わっている。ルイス・ローマイア伯爵だ」

ルイス。

兄にそう言われ、アデルは愕然《がくぜん》として、目の前で跪いている男を見下ろした。

八年の月日が過ぎても、あの少年のことを忘れたりはしていない。

確かにルイスは容姿が整っていた。はっと目を惹《ひ》くほど、可愛らしい顔立ちをしていた。

しかし全然違う。

背はこんなに高くなかったし、声だってこんなに低くなかった。

こんな——女を誑《たぶら》かす悪の権化みたいな容姿はしていなかった。

「そんな……わたくしのルイスがこのようなっ……嘘です、お兄様。嘘だと言ってください！　わたくしのルイスが……あの小さくて、いつもつれないツンツンしてた……可愛らしいわたくしのルイスが……こんな、まるで女の敵のような男になったというのですか？　時の流れとはなんと怖ろしいのでしょう。八年の月日がこのように無常に……あのときどきしか発しないものの、小鳥のように愛らしかった声すらも低くなっているなど……どういうことなのでしょう。わたくし、どうしても現実を受け入れることができません」

アデルはあまりの衝撃に打ちひしがれた。

「ルイス・ローマイア……お前は本当に、これでよいのか」

「…………国王陛下。どうか、許されるのであれば、殿下を賜りたく存じます」

「そうか。お前がこれでよいのなら、私は反対はしない。だが……これがもしお前を拒む場合は、諦めてやってくれ」

「御心《みこころ》のままに……陛下、しばし殿下と二人でお話をさせていただいてもよろしいでしょうか」

「うむ、許す。庭でも散策し、思い出話をするのもよかろう。アデル、あまり失礼なことを言ってはならんぞ」

「では、行きましょう。殿下」

男は立ち上がり、アデルに手を差し伸べた。

「……お前は本当にルイスなの？」

男は見上げるほど背が高い。

信じられない。アデルは黒い瞳の中にルイスを探す。

「はい。あなた様のルイスです」

男は口元を歪めるだけの、皮肉げな笑みを浮かべた。

「まあ……本当に。その、人を小馬鹿にしたような可愛げのない笑み方は、確かにルイスだわ」

八年の月日だ。生まれたばかりの子どもも八歳になる歳月。

十四歳だったルイスは二十二歳だ。成長期の為《な》せる業にアデルは感心した。

あの頃のルイスが消えてしまったことは寂しいが、受け入れる他ない。

「身長も伸びて、声変わりもして、立派な言葉遣いもできるようになって。お前は、ずいぶんと変わったのね」

「……殿下はお変わりになりません」

「そうかしら……そうかしら?」

八年の月日で何も変わらぬのは、果たしてよいことなのだろうか。

アデルは軽く首を傾《かし》げ、ルイスらしき男を見つめた。

ルイスらしき男は、差し出した手に、いつまでも手を重ねてこないアデルに焦《じ》れたのか、兄王の視線を遮るように体の向きを変えると、強引にその手を摑《つか》んだ。

そして国王に礼をすると、アデルの腰に手を回す。

誘導するように腰を押され、アデルは男とともに王の執務室から退出した。


王宮の庭をどこへ行くともなく、散策した。

外に出ると、男はアデルの腰へ回していた手を外した。

前を行くアデルのあとを三歩ほど下がってついてくる。

真夏だったが今日は曇り空のおかげで、日差しは強くない。優しい風が吹いていた。

アデルの栗色の髪がふわふわとそよいでいる。

男に聞かなければならないことはあったが、彼がルイスであるなら――あの頃のように、もう少しまったりした時間を過ごしていたくなる。

アデルの気持ちを察しているのか、それとも単に喋りたくないだけなのか。執務室を出るときは、やや強引気味であったというのに、ルイスらしき男は黙ったままだった。

ゆっくりと歩いていたアデルはふと足を止める。

花壇の花が白い花をつけているのを見つけ、しゃがみ込んだ。

「……ドレスが汚れます」

男がぽつりと呟《つぶや》くように言う。

「そうね」

アデルはしばらく小さな白い花を愛《め》でたあと、立ち上がって、背の高い男のほうを向いた。

「お前、わたくしと本当に結婚したいの？」

じっくり観察すると、確かに目鼻立ちにはルイスの面影があった。

眉を寄せる仕草もルイスっぽい感じがした。

慕っていた。兄はそう言ったけれど、八年前のルイスはアデルに好意を抱いているふうには見えなかったし、今の彼からも恋情を向けられているようには思えない。

「私に降嫁するのはお嫌ですか？」

アデルと結婚したい本当の理由はなんなのだろう。

彼の真意を知りたくて訊《たず》ねたのだが、ルイスは眉を寄せたまま、唇を僅かに歪ませ、皮肉げに問い返してきた。

これも――八年前のアデルのよく知る、ルイスっぽい仕草であった。

「伯爵位をいただきましたが、所詮は武芸しか取り柄のない男爵家の次男です。陛下は許してくださいましたが、高位貴族の中にもあなたを望む者がいると耳にしています」

すらすらとよく喋る。これは十四歳のルイスっぽさがない。

あの尖《とが》ったナイフのような、夜道を大声で叫びながら暴走してしまいそうな、不器用で繊細な……あの独特な雰囲気は、思春期の限定品だったのだろうか。

「わたくし、嫌がったりしないわ。だってお前は、わたくしの初恋の人だもの」

ルイスから失われたものを少し寂しく思いながらも、アデルは告げた。

ルイスはアデルの憧れであった。

ふたつ年下の少年を眺めるだけで、アデルはキラキラした夢を見ることができた。

王女として生を受けたからには一生、窮屈な日常を送る。その覚悟も矜持《きょうじ》も確かに胸の中にはあった。

けれど……いや、だからだろうか。

ルイスを見ていると、いつもわくわくした。

彼が自分の倍以上ある大人相手に、棒剣を持ち挑んでいく姿に心が躍った。

彼に自分を重ねて、冒険の旅に出発する妄想に浸ったりもした。

太陽の下で、彼だけがいつも、アデルには輝いて見えたのだ。

恋というのは不思議なもので、一度好きになってしまうと、無愛想なところすらも愛《いと》おしく感じるのだ。

「だから、口づけしたの」

どうしても初めて好きになった男の子と、初めての口づけをしてみたかった。

恋愛小説の女の子は、皆好きな男の子と口づけをして、両想いになって、結婚をする。そして、子どもを産んでいた。

アデルは王族なので、軽はずみな行動は許されない。

恋よりも優先せねばならないものがあったし、王女として純潔を失うわけにはいかなかった。

けれど――口づけだけは好きな男の子としてみたかった。

（……でも、ルイスはどうだったのだろう……）

権力にものを言わせ、目を閉じさせて、承諾もないまま唇を奪った。

アデルのしたことは、まごうことなき、わいせつ行為である。

もしや、それを恨んでいるのではなかろうか。

慕っていると嘘を吐き、アデルを騙し政略結婚した暁には、壮大な復讐《ふくしゅう》が始まるに違いない。

仕返しとして何度も何度も。幾度も幾度も口づけをされる。いや、それはむしろご褒美である。

監禁されて性的なことを、あれやこれや、やり尽くされるのかもしれない。いや、それもご褒美感満載である。

「無理やり、お前の唇を奪ったことは悪かったと思っているわ。でもそのことに腹を立てて結婚するのは、お前にとって損にしかならないのではなくて？　なんて言うのかしら、お前のその復讐心は、わたくしにとって……ど、どうしたの」

アデルはぎょっとした。

ルイスが俯いていて、雫《しずく》がぽたぽたと地面に落ちていたのだ。

近づいて、下から顔を覗《のぞ》き込むと、整った顔を歪ませていた。

閉じた目から、涙が零れている。彼は泣いていた。

「ご、ごめんなさい。泣くほど嫌だとは思っていなかったの」

まさか八年間、ずっと苦しんでいたのだろうか。

女の子ならまだしも男の子だ。口づけぐらいよいでしょう、と軽々しく思っていた自分を殴りたくなった。

「悪かったわ。泣かないでちょうだい」

アデルは焦って、指を伸ばした。

彼の濡《ぬ》れた頬を拭おうとすると、手を取られ、指をきつく掴まれる。

「あなたは……何も、わかってない……おれが、この八年間、どんな想いで」

(そんなに恨んでいたなんて!)

口づけひとつで、しつこすぎだろうと一瞬思ったが、加害者なのにそんなことは考えてはいけないと自制した。

というかそれほどまでに疎まれていたのか、と今さら気づき胸が痛んだ。

「ごめんなさい。そんなに嫌われていたとは思ってなかったの」

必死で詫《わ》びていると、ルイスはアデルの指を掴んだまま、その場に跪いた。

「あなたをずっとお慕いしていました。私と結婚してください」

そして潤んだ双眸のままアデルを見上げて、そう言った。

「……え？」

アデルは先ほどまでわいせつ犯になり陳謝していたため、展開が急すぎて、上手く頭の切り替えができない。

「わたくしのこと恨んでいるのではないの？」

「恨んでなどいません。お慕いしています」

「わたくしのことを慕っていたらしいと、お兄様が仰《おっしゃ》っていたけれど……復讐を果たすための嘘ではないの？」

「嘘ではありません。ずっと……お慕いしていました」

「そうなの？」

「はい」

（お慕いしている、というのは好いているということなのだろうか）

やはり、あまり実感がわかない。

八年前のルイスはともかく――今の、あまりに端整な顔立ちを見ていると、騙されているんじゃなかろうかと疑惑を抱く。

（でも、騙されていたとしても……）

たとえ目の前にいるのがルイスでなくとも、アデルは兄王が用意した相手に降嫁するつもりだった。

ならば、騙されていたり、恨まれていたり、アデルを利用するつもりだったとしても、初恋の相手に嫁げるのは幸せな気がした。

大国から帰郷している道のりで、アデルは何度か初恋の少年のことを思い出していた。

もしかしたら再会できるかもしれない。

でもアデルが十六歳から二十四歳になったように、彼もまた二十二歳になっている。

すでに婚姻し子どももいるだろう。

初恋相手が幸せになっていたからといって、嫉妬し拗《す》ねるほどアデルの心は狭くない。

アデルは初恋を叶えたいとか、失った恋を取り戻したいなどとは全く思っていなかった。

八年前の淡い恋心を懐かしむことができれば、それだけで充分だったのだ。

大人の男性になったルイスは、アデルの想像した姿とは違い、淡い恋心を再現するのは難しかった。しかしルイスなのは間違いなくて——。

成長した初恋の男の子との結婚が許されたのだ。

決して叶うことはないと諦めていた恋が叶う。

たとえ偽りの婚姻で、騙されていたとしても、アデルは今の状況が素直に嬉しかった。

「わたくしの八年前の口づけが嫌で泣いたわけではないのね？」

しかし泣くほど嫌がられてるのは悲しい。念のため訊ねた。

「違います」

ルイスは食い気味に否定をする。

「そう。ならなぜ泣いたの？」

ルイスが泣く姿……いや、大人の男が泣いている姿を見るのも初めてだった。

過去のアデルの犯したわいせつ行為が古傷として残っているのが原因でないのなら、どのような理由で泣いたのかが、謎であった。

「……複雑な男心を殿下にお話ししても理解できるとは思えません」

確かに、男心はよくわからない。

アデルが読む恋愛小説は女性向けだ。

主人公は女性で、相手役である男性のほとんどが美化されて描かれていた。

アデルの元夫である亡き王のような、おおらかな博愛主義者の中年男性などいなかったし、『男にはとにかく、血が滾《たぎ》るときがあり、どのような女でも可愛くて堪らなくなるときがあるのだよ。そして終わればそこまで可愛くなかったと気づくのだ』などという複雑な男心は、恋愛小説に描かれてはいなかった。

ときどき読む冒険小説は恋愛色がなく、そういった方面の男心は学べない。

男が泣くとき、それは戦場で仲間が死んだとき——だけれど、ここは戦場ではなく王宮の庭で、誰も死んでいない。それが理由で泣いたわけではなかろう。

「……涙を流してしまったことは、どうかお忘れください」

まだ涙目のくせに、ルイスは眉を顰めて言う。

「どうして？」

問うと男の眉がさらに寄った。

アデルは摑まれたままになっている手ではないほうの指で、男の眉の間をつついた。

「この眉の寄り方は、わたくしのルイスね」

「殿下」

「わたくし、お前と結婚したいわ。そして叶うなら、お前の子どもが欲しい」

彼によく似た無愛想な黒髪黒目の男の子。

きっと溺愛してしまうだろう。

でもあんまり溺愛しすぎて母親に依存する歪んだ子になっても困る。ほどほどに愛さなければならない。

満面の笑みを浮かべ、ルイスを見下ろしていると、眉間に皺を寄せた表情は変わらぬまま、彼の頬がみるみるうちに真っ赤になっていった。

「ど、どうしたの？」

耳まで真っ赤になる。

八年前の唇を奪ったときならば赤面するのも理解できるが、アデルは今、不埒《ふらち》な真似は一切していない。

困惑していると、ルイスはアデルの手を離し、跪いている状態から、うずくまるような格好になり、自分の腕の中に顔を隠してしまう。

大人の男が、いじけた幼子のようになってしまった。

アデルはどうして彼がこのようなことになったのか、わけがわからなかったが、せっかく機会を得たのだ。

隣にしゃがみ込んで、八年前、触れたくて堪らなかった艶やかな黒髪を好きなだけ、ここぞとばかりに撫で回した。

三章　婚約

ルイスと再会した翌日、兄の執務室に赴いたアデルは婚姻を決めたことを伝えた。

「……しっかり考えたのか」

「はい」

「もっときちんと、時間をかけて考え、決めたほうがよいだろう」

「しっかり考えても答えは同じですし……お兄様はわたくしが彼に降嫁するのに反対しておられるのですか？」

ルイスを降嫁先に決めたのは兄だというのに、妙に渋られ、アデルは首を傾げた。

「いや……お前の決断があまりにも早いので、何も考えていないのかと不安になったのだ」

「わたくし……ルイスが見習い騎士だった頃から、彼に密かな恋をしていたのです。初恋の相手に降嫁できるからすぐに決めたのであって、考えなしではありません」

軽率な人間のように言われ、否定をしたくなったアデルは、ずっと秘密にしていた恋心を兄に打ち明けた。

（……もう気持ちを隠さなくても平気なのね）

誰にも憚《はばか》ることなく、ルイスが初恋だと言ってよいのだと、口にしてから気づいた。

「わたくし、ルイスが初恋なのです」

せっかくなので、もう一度、念を押しておく。

「……そうか」

兄はアデルをじっと見つめたあと、低い声で相づちを打つ。

「……お兄様？　どうかされましたか？」

沈んだような顔つきに、やはりこの降嫁話には、裏があるのかもしれないと思った。

実はルイスは魔物なのだろう。

代々の王と契約をしていて、結婚後、アデルを食べるのだ。アデルを生け贄《にえ》に王家は栄える。

兄は何も知らされていない無邪気な妹を前にして、罪悪感が芽生えたのだ。

「……当時のお前の、いやお前たちの気持ちを考えていた」

兄が沈んだ声で言った。これから犯す罪ではなく、過去の罪に囚《とら》われていたらしい。アデルは八年前のことを兄の罪だとは、かけらも思っていなかったけれど。

「ルイスに恋をしていましたが、わたくしは王女としての誇りを胸に嫁いだのです。わたくしの気持ちに後ろ暗いところはないのですから、お兄様も国主として堂々としていてくださいませ」

アデルは兄を責めるつもりで、ルイスが初恋だったと告げたわけではないのだ。

恋心も大切だけれど、王族としての責任も大事だ。王女としての立場や、あのときの気持ちを兄に哀れんで欲しくなかった。

「そうだな……お前の言う通りだ」

アデルの気持ちを察したのだろう。兄は頷いた。

決断したのなら早いほうがよいということで、婚儀はひと月後に決まる。

アデルが再婚だということもあり、婚姻式は国事としてではなく、身内だけでひっそりと行う運《はこ》びとなった。

十日後、王家主催の夜会があるので、そこで婚約を正式に発表する。

「ローマイアの屋敷は王宮から近い。頻繁に行き来できる」

「降嫁したというのに、王宮でウロチョロしていても大丈夫でしょうか」

「嫁いだとしても、お前は私の妹だ。それに王妃も子どもたちも喜ぶ」

王妃――義姉はアデルを実の妹のように可愛がってくれていたし、甥や姪も可愛い。

大国の後宮での暮らしは、大勢の人がいて賑《にぎ》やかだった。そういう毎日に慣れていたので、結婚後じっと一人でルイスを待ち続けるのは寂しい気もしていた。それもあって今後も王宮に気軽に出入りすることを許され、アデルはホッとした。

執務室を出たアデルは義姉に婚儀の衣装を相談するため、彼女の部屋へと向かう。

階段を下り、回廊を歩いていると、長身で美形の男と出くわした。ルイスである。

「あら」

「陛下にお会いしていたのですか？」

「ええ。お前に降嫁すると伝えてきたわ」

「……陛下はなんと？」

「お前の家、王宮から近いらしいわね。結婚後も頻繁に王宮に来てもよいと言われたわ」

ルイスは考え込むように、眉を寄せた。

「王宮に行くのは駄目かしら？」

もしかしてルイスは、妻にいつも家にいて欲しい系の夫なのだろうか。

部屋で編み物や読書をしながら夫を待ち、夫が帰宅する時間になると、扉の前で待ち構える。そして帰宅と同時に扉を開き、『おかえりなさいませ』とお迎えする。

貞淑で従順な妻。お出かけは夫の許しがないと認められない。

「ルイスは亭主関白なのね」

「いえ……降嫁が許されたかどうかが知りたかったので。許されたのならよいのです」

「亭主関白ではないの？」

「違います……結婚後も殿下は殿下らしくいてくださるのが、私の望みです」

「わたくしらしく……」

自分らしくというのが、いまいちピンとこない。

亭主関白なルイスを『旦那様』と呼び、従順に仕えるのも悪くない気がしていたので、少しだけ残念な気持ちになった。

「部屋に戻られるのならばお送りします」

「お義姉様のところに行くつもりだったのだけれど、午後からでも構わないわ。わたくし、お前とお喋りしたい」

昨日はあれから——。そそくさと立ち上がったルイスは、アデルを自室まで送ってくれた。扉の前で『もう少しお話ししましょう』と中に入るよう誘ったのだが、『用があるから』とすげなく断られてしまった。

お慕いしていると言っていたわりには、つれない態度である。

やはり他の目的があるのだろうか。

彼の真意を知りたい。いや、もっとルイスと話したい。離れていたときの彼のことをたくさん知りたい。けれど今は、真っ昼間であった。

「でも、お前はお仕事中ね。なら、また今度でいいわ」

今のルイスには騎士団の副団長という肩書きがある。アデルに構っている暇はないだろう。

「いえ、今は休憩中です」

「なら、わたくしの部屋でお茶をしましょう」

八年前、ルイスが騎士見習いだった頃は、アデルの部屋に二人きりでいても、一緒にお茶などできなかった。ルイスは椅子に座ることもなく、立ったままアデルのお喋りを聞いていた。

けれど今は違う。テーブルを挟んで彼と対等にお喋りができるのだ。

弾んだ気持ちで言ったのだが、ルイスは無表情で首を振った。

「婚姻前です。あなたの部屋で二人きりになるのは、やめておきます。あなたも行動を慎んでください」

窘めるような言い方に、アデルはムッとする。

「前は、わたくしの部屋に二人きりでいたわ」

「あの頃の私はあなた付きの見習い騎士でした。ですが今は、あなたの騎士ではありません」

昨日の、顔を紅潮させせいじけていた可愛いルイスはどこに行ったのだろう。

なんだか嫌な気持ちになるけれど、彼の言うことはもっともだった。

まだ婚約の発表すらされてはいない。王宮内だとはいえ、醜聞になりかねないことは、控えたほうがよいだろう。

破廉恥な噂《うわさ》を立てられるのはよいが、それが原因でルイスと結婚できなくなるのは嫌だった。

「婚約が正式に発表されるまでの我慢ね」

「……陛下はいつ発表するか仰っていましたか?」

「十日後。夜会のときに発表するらしいわ」

「夜会……」

ルイスは独り言のように呟き、沈黙する。

「どうかしたの?」

「いえ……。話をするなら、庭に出ますか? それとも、そちらのベンチで話をしますか」

「天気もよいし、庭を歩くわ」

回廊の石段から庭に降りるとき、ルイスが手を差し出してくる。

紳士的な仕草にときめきながら、アデルは彼の手に自身の指を重ねた。

すぐにその手は外され、昨日のようにアデルの少しあとをルイスがついてくるかたちになった。

アデルは足を止め、彼を振り返る。

「お前はもうわたくしの従者ではないのでしょう？　なら並んで歩くべきだわ」

密室ではないとはいえ、並んで歩いているのを見られたら、噂を立てられるかもしれない。

言ってはみたものの、断るだろうと思ったのだが——。

ルイスは大きく足を進めて、アデルの隣に並んだ。

「見られても大丈夫かしら？」

「……密室ではありませんから。言い訳はいくらでもできます」

昔のルイスは無口で、アデルが話しかけても短い返答しかなかった。それが言い訳できるくらい饒舌《じょうぜつ》になったのか。それとも、昔からお喋りだったけれど、アデルの前では猫を被っていたのか。

アデルは少年のルイスが、猫に覆い被されている姿を想像した。

（可愛すぎて、悶《もだ》え死んでしまうわ）

しかし残念ながら、愛らしい少年はもういない。きっとそのかたちのよい口で、次々と若く美しい令嬢を、『僕の子猫ちゃん』と呼んで、口説き落とし夢中にさせているに違いない。

「殿下？」

足を止めて妄想を膨らませていると、ルイスが不審げにアデルを見下ろした。

「なんでもないわ……少し考え事をしていただけ」

ルイスはアデルの返答に、目を眇めた。

「……今日は喪服ではないのですね」

降嫁が決まったので、喪服を着るのはやめた。それでも明るすぎる色合いの服を着るのは躊躇われたので、今日は紺色の簡素なドレスを着ていた。

「お前の婚約者になるというのに、喪服はおかしいもの」

「私は気にしません。殿下の着たいものを着ればいい」

「着たいものを着ているわ」

ルイスに気を遣って喪に服すのをやめたわけではないし、兄や他の誰かに指示されて紺色のドレスを着ているわけでもない。

「ですが」

「お前は、喪服が好きなの？」

あまりに喪服に固執しすぎではなかろうか。

喪服……というより未亡人好きなのかもしれない。だからアデルを選んだのか。

夫の死を悲しむ寡婦を、欲望のまま汚すのが好きなのだろう。

亡くなった夫にはおそらく……たくさんの借金があった。ルイスはその借金を、死者から回収できぬため、アデルの体で肩代わりさせようとしているのだ。

（お金の代わりに、あれやこれや！　欲望のままに！）

なんて破廉恥。そして卑劣な男なのだろう。

しかし大国の王である元夫が借金だらけだったら……今頃、大陸は戦争のひとつやふたつ起こっていそうだ。

「喪服が好きなわけではありません」

「わたくしも喪服が好きなわけではないの。ああ……でも黒色は好きよ。お前の髪と目の色だもの」

喪服は別に好きだからという理由で着ていたわけではない。未亡人という立場に酔ってはいたけれど……なんというかカタチから入りたいというか……とにかく、大層な理由があり着ていたわけではない。

それとは全く別の話で、黒は好きな色だった。大国では黒髪の人が少なかったので、ときどき黒色の髪の人を見かけると、初恋の少年のことを思い出し、しんみりしていた。

ちなみに今日のドレスを決めるときも、ルイスのことを思い浮かべていた。深緑や紫、臙脂《えんじ》のドレスもあったが、昨日のルイスの格好、紺色の騎士服を思い出し、この色にしたのだ。

今、ここで会ったのは偶然だけれど、並んで一緒にいると『おそろい』のようで、この色にしてよかったと心から思う。

「……そうですか」

ルイスはアデルから目を逸らしたまま、素っ気ない声で言う。

「お前は？　何色が好き？」

「茶色です」

「茶色？」

「はい」

今度の夜会で、ルイスの好きな色のドレスを着ようと思ったのだが……茶色。ずいぶん地味な色である。ただでさえ地味なアデルが着ると、さらに地味さが増すような気がした。

(刺繍とか飾りで、少しは華やかになるかしら)

今から茶色いドレスを仕立てるのは難しいが、確か以前使用していたドレスの中に薄茶色のドレスがあった。あれにレースの飾りをつければ、可愛らしくなるかもしれない。

アデルは義姉に相談することにした。

「十日しかないもの。急がないと」

「……急ぐ？」

「夜会のドレスを決めないと。お義姉様のところに行くわ。お前ともっと一緒にいたいけれど、結婚式までは忙しいかもしれないわね」

「そうですね」

ルイスの顔が険しくなった気がする。

結婚を嫌がっているのだろうか。いや、そういう感じでもない。焦燥感のような……落ち着きのない、どこか不安げな顔だ。

「大丈夫？」

何が不安なのかわからなかったが、アデルは彼の顔を下から覗き込むようにして訊ねた。

「問題ありません……王妃殿下の部屋までお送りします」

王宮内だから別に送ってもらわずとも危険などない。

けれど少しでも彼と一緒にいたかったので、アデルは送ってもらうことにした。

◆◇◆

アデルを王妃のもとへ送り届け、持ち場に戻ったルイスは、国王から呼び出しを受けた。

もっとよい降嫁先を見つけたので、なかったことにしてくれ——そう言われたならば、ルイスは受け入れるしかない。

「アデルがお前との結婚を承諾した。最後にもう一度確認をしておく。本当によいのだな、ローマイア」

不安で胃を痛めていたのだが、国王は改めて意思の確認をしたかっただけらしい。

「陛下にお許しいただけるのであれば」

ルイスは杞憂《きゆう》だったと安堵《あんど》しながら、答えた。

「……八年前、私は国益のために、アデルを側室として差し出すように父に進言した。渋っている父を説得したのも私だ。……あれは嫁ぐ前も、戻ってからも、恨み言ひとつ言わない。楽天的でぼんやりとしているため少々阿呆に見えるかもしれないが……王族としての矜持を持つ、辛抱強く賢い女だ。だからこそ……残りの人生は幸せなものであって欲しい」

浮かない表情で言う男は、王ではなく、家族を思う兄の顔をしていた。

ルイスは長い間、多妻者で親子ほど年齢が離れた男に妹を嫁がせた彼のことを、非情だと思っていた。

ルイスやアデルに立場があるように、彼にもまた立場がある。一国を背負う者としての役割や責任は、誰よりも重い。理解はしていたが、アデルが哀れだった。

しかし彼にとっても苦渋の決断だったのだと。大国に嫁いだ妹に罪悪感を抱き、ずっと気にかけていたのだとルイスは知り、己の浅はかな思いを恥じた。

「あの方が穏やかに暮らせるように、生涯、お守りいたします」

必ず幸せにする。心ではそう誓っていたが、軽々しく口にすることはできない。

ルイスの返答に、国王はしばらく考え込むように沈黙したあと、「頼んだぞ」と言った。


執務室を出て、回廊を行き、広場へと向かう。

午後からの訓練はないため、広場には誰もおらず、がらんとしていた。

見上げると、王宮の二階の窓、そこから栗色の髪の少女がじっとこちらを見ている気がした。

あの頃の彼女が――。

ルイスがこの国の第三王女であるアデルに初めて会ったのは、この訓練場だった。

淑《しと》やかで才女な第一王女。可憐で清楚《せいそ》な第二王女。

アデルはふらふらと王宮を抜け出しては、騎士の訓練場に見回りに来る。朗らかで風変わりな第三王女だった。

いつからそのような日常を送っていたのかは知らない。ルイスが騎士見習いとして入団したときには、王女の姿は騎士たちの間で見慣れた光景になっていた。

何が楽しいのか、いつも訓練場の近くにある長椅子に座り、きらきらと輝く大きな目で訓練を眺めていた。

入団してからしばらく経ったある日、騎士団長から第三王女付きの騎士になるよう指示があった。まだ見習いという身分で不思議に思っていたが、王女が望んだことらしい。

気楽に指示できる年の近い者がよかったのだろうかと思うが、彼女のひとつ年上でルイスよりも最適な人物もいた。

年下を望んでいたのだろうかなどと考えていると、のちに王女から『お前が一番強そうだったから』と言われた。

王女付きの騎士になって、アデルと長い時間を過ごすようになったルイスは、すぐに彼女がただの変わり者ではないことに気づいた。

彼女は気楽で呑気《のんき》なだけのお姫様ではなかった。

侍女に対する態度は、無邪気で、傲慢さが全くない。

客人のあしらい方や、貴族令嬢たちとの付き合い方。ひとつひとつは些細なことであったが、風変わりな姫だと侮られていることを、逆に上手く利用しているような、そういう要領のよさがあった。

もちろん、変わり者の姫君なのは間違いないのだけれど。

いつから、不埒な想いを抱くようになったのか。

もしかしたら初めて会ったときから。ベンチに座り、キラキラとした眼差しでこちらを見ていたときから、惹かれていたのかもしれない。

彼女に名前を呼ばれると、自分の名前が特別素晴らしい響きを持って聞こえた。

笑顔を見ると、胸が痛んで切なくなった。

庭を散策しているとき、前を行くふわふわとした長い栗色の髪が、陽光の中で飴《あめ》色に輝くのを見るのが好きだった。

ルイスは武芸に秀でていることぐらいしか美点のない男爵家の——それも妾腹の子であった。

片やアデルはこの国の王女様。

この想いが叶わないものだと、ルイスはわかっていた。

いつか彼女は、彼女に相応《ふさわ》しい身分の高い貴族のもとへ、降嫁されるであろう。ルイスにできるのは、彼女の幸せを祈ることくらいだ。

そして、出会ってから数度の年が巡った頃、アデル王女は大国に側室として嫁いだ。

出会ったときから、このような日が来るとルイスは知っていた。

だから傷つきはしなかったし、自分と彼女の身分差を恨みもしなかった。

彼女が王女なのは彼女のせいではないし、ルイスが彼女に釣り合うだけの身分がないこともルイスのせいではない。

周囲の国が、大国に姫を側室として差し出していたことも知っていた。今、王家には未婚で年頃の姫がアデルしかいないことも。

非情にも見える決断に苛立《いらだ》ちはしたが、理解はしていたのだ。

誰が悪いわけでもない。仕方のないことであった。

ただ——あの不意打ちのようにされた口づけの意味がわからなかった。

いつもの気まぐれなのか、それとも。

どちらにしたって何も……意味を知ったところで、何ひとつ変わりはしないのだけれど。

『お前、背がようやくわたくしに並んだわね』

初めての口づけのあとの彼女の笑みが、ルイスの胸に鮮やかに焼きついて、忘れることができなかった。

未練のような気持ちから逃れるように、日々を過ごした。

誰よりも優秀な騎士になろうと、訓練に明け暮れた。

いや……その行為こそが未練だったのかもしれない。

ルイスが唯一彼女と繋がっていられるのは、彼女が最後に残した言葉。

強くなって、彼女の兄と国と民のため、立派な騎士になる。それだけだったのだから。

いいかげん初恋は思い出にしろと、人生を楽しめと、何度も上司である騎士団長に言われた。彼だけではない、誰が見ても不毛な恋心だ。

身分差だけの問題でもなくなった。

彼女は遠く離れた地で、大国の王の側室となったのだ。

諦めろ。そう言われるのも仕方ない。

しかし、忘れたくないから忘れないのではなく、忘れられないから未練なのだ。

いつか――遠くからでもいい。彼女の笑顔を垣間《かいま》見ることができたなら。

それだけで充分だった。

そうして、八年の月日が流れ、ルイスに奇跡が訪れた。

ルイスは広場から、王宮の庭へと足を向けた。

大国の王が亡くなり、アデルが戻ってくると騎士団長から聞いたルイスは、国王に彼女の降嫁を願い出た。最初は訝しんでいた王だったが、正直な気持ちを伝えると、アデルが了承するならという条件付きで、許可をしてくれた。

二年前に伯爵位を得てから、冷たくあしらっているにもかかわらず、女性からの誘いが増えた。叙勲と同時に王都に屋敷も賜ったのだが、正直両方とも同じくらいに持て余していた。しかし、それがあるから彼女に求婚ができる。ルイスは心の底から感謝した。

八年の月日は決して短くはない。アデルは二十四歳。風変わりな初恋の少女は、落ち着きのある淑やかな貴婦人になっているのかもしれない。

不安と期待が入り交じった思いで、ルイスは彼女に再会して――すぐに不安は消え去った。

彼女はあの頃のまま。ルイスの恋した少女の面影を色濃く残した、美しい女性になっていた。

国王の執務室で再会し、庭に出た。彼女のあとを、八年前と同じようについて歩いた。

ふわふわと、彼女の髪がそよいでいた。

陽光に反射し輝く飴色の髪を、いつまでもずっと見つめていたかった。

『わたくし、嫌がったりしないわ。だってお前は、わたくしの初恋の人だもの』

初恋の人だと言われ、格好悪く泣いてしまった。

あのときの、ルイスに口づけをした少女のいじらしさが切なかった。

八年前の少年だった自分が救われた気持ちになり、八年間の未練がましい恋心が赦《ゆる》され、報われた気がした。

切なく苦しい。嬉しくて、胸が痛い。

そんな気持ちが一気に押し寄せてきて――年下扱いされるのは嫌で、彼女の前で立派な男でありたかったのに涙が止まらなくなった。

(情けない。彼女に頼られるような男になっていたかったのに)

騎士としての功績を認められ叙爵されたが、王族の姫を娶るに値《あたい》する貴族の振る舞いができるわけではない。

社交の場は苦手だったし、男としても未熟だった。

彼女に相応しい相手は他にいるのではと不安になるけれど、ルイスはそれでも彼女の手を離すことだけはできなかった。

「副団長？　何をされているんですか」

庭で物思いにふけっていると、声をかけられる。

王宮の見回りをしていたのだろう。部下の騎士が、首を傾げてルイスを見ていた。

男にしては小柄で、背はルイスより頭ひとつぶん低い。アデルより若干高いくらいだ。

「夜、夕食後、時間を空けるように」

「時間？　ですか？」

ルイスの命令に、騎士は戸惑いの表情を浮かべる。

騎士の中には通いの者もいたが、幸いなことに彼は寄宿舎生活をしていた。時間を作ることは可能だろう。

「特訓だ」

「は？　特訓ですか？　俺、何かしました？」

「十日しかない。急がなければ」

「は？　急ぐ？　何を？」

アデルからもすでに聞いてはいたが、国王からも婚約発表が十日後になったと教えられた。

念のため訊ねると、夜会なので当然必要だと言われた。

不安げな表情を悟られ、王宮のマナー教師にアデルとともに行くよう言われたが、つい見栄《みえ》を張り断ってしまった。

これ以上、情けない姿を彼女に晒して幻滅されたくなかった。

時間はないし、自主練習だ。しかし、なんとしてでも技術を習得せねばならない。

「ダンスは踊れるか？」

ルイスの問いかけに、騎士は「は？」と顔を引きつらせた。

◆◇◆

いいことがあると、悪いことが起こる。人生とはそういうものである。

初恋がたやすく実るわけがない。

身分差もあるのだ。そのうえ相手は数多《あまた》もの女性を食い物にしていそうな美形の男である。

ルイスには昔から、そう八年前のあの日よりも前から好きな相手がいた。けれど相手は平民。男爵家の子息であるルイスは平民とは結婚できない。だから、未亡人になったアデルと偽装結婚することにしたのだ。

——偽装結婚の相手にアデルを選ぶだろうか。

いくら未亡人とはいえ王族だ。そしてどちらかというとルイスにとっては平民女子より、アデルとのほうが身分差がある。

ルイスは実は亡国の王子で、ライツヘルドの王族に復讐をしようとしている。その足がかりとしてアデルと結婚しようとしているのだ。行き着く先は殺し合い。真実を知ってもなおアデルは彼を愛していた。ルイスの復讐の糧になるため、煌《きら》めく白刃《はくじん》の前に体を差し出すのだ。『わたくしのことなど忘れ、幸せにおなり』その言葉を残し息絶えるアデル。鮮血の中で、ルイスは真実の愛に気づく……。

「なんて悲恋！　可哀想な、ルイス……」

それとも――実は本当のルイスは五年前くらいに死んでいるのだ。彼は双子の弟で、兄の初恋を実らせてやろうと……。

「いえ、これは駄目だわ。これは悲恋よりも、悲しみが深すぎて……わたくしが受け止めきれないから、なしよ」

あまりに悲しくて涙を滲《にじ》ませていると、侍女が「そろそろお時間です」と呆れ顔で声をかけてきた。

王家主催の夜会に出席するため、アデルはいつも以上に『おめかし』をしていた。

薄く、けれど丁寧に品よく化粧をして、栗色の髪は編み込み、真珠のあしらわれた銀の髪飾りで纏《まと》めた。

義姉に相談に乗ってもらい、王家御用達《ごようたし》の仕立て人に、茶色のドレスへ刺繍を施してもらった。

腕部分のレースはアデルがつけた。

大国の後宮にいた頃、アデルは『お裁縫初心者会』に入会していた。手先が器用なほうではないので、精緻な刺繍は苦手……というかできないのだけれど、長年の訓練により基本的な裁縫技術は習得していた。特にパッチワークは、読書の次に好きな趣味になっていた。

姿見に映ったアデルは、華やかな美女でこそなかったが上品な淑女である。

地味な色合いのドレスも、黒糸の刺繍と袖口のレースで、派手さはないものの優美さを醸し出している。

センスのよい義姉がとても素敵だと褒めてくれていたので、王妹として兄に恥をかかせてしまうことはないだろう。

夜会は盛大なものではなかったが、臣下を始め、高位貴族らが招かれていた。

アデルたちの結婚式は、アデルが大国の側室であったことや未亡人だったことに配慮し、招待客を呼ばす簡素に執り行うことが決まっていた。

そのため今夜は婚約発表の場であると同時に、アデルが王族として公に出る最後の宴《うたげ》でもあった。

失態は許されない。緊張している、だけれど――。

(夜会といえば、アレ……)

そうアレである。嫉妬に狂ったルイスの元婚約者、もしくは現恋人から、ドレスにワインをかけられる可能性があった。

そんなことになれば大変だ。夜会は大騒ぎになるであろう。

何事もなければよいけれど……と心配しながら、少しだけワクワクしてしまう自分もいた。

自室から出て階段を下りるとその先にルイスが立っていた。

彼とは再会した翌日に会って以来、顔を合わせていなかった。

アデルは今夜のドレスのことで頭がいっぱいだったし、一度だけ王宮内の広場で見かけたのだが、彼も忙《せわ》しなくしているようだったので声をかけなかった。

黒生地に金色の刺繍が施された騎士の礼服を着ているルイスは、美男子っぷりが通常より三倍増しになっている。

髪を後ろへと流しているため、険しく寄った柳眉もよく見える。

「その騎士服、怖いくらいよく似合ってるわ」

「……殿下もお美しいです」

「まあ。お前……お世辞まで言えるようになったのね。でも世辞を口にするときは、もっと愛想よくしないと、お世辞だと丸わかりよ」

これからのために忠告してあげたというのに、ルイスはさらに眉を険しくさせた。

そして不機嫌顔のまま、懐に手をやる。

何かを取り出したので、アデルは暗殺されるのかと身構えた。

「殿下。……これをつけてくださいますか」

ルイスが取り出したのはナイフではなく、イヤリングだった。長細くカットされた飴色の琥珀《こはく》石がついている。

「素敵……わたくしにくれるの？」

「はい。あなたがお嫌でないのなら」

「嫌なわけないじゃない。嬉しいわ」

もしかしたら、呪いの込められた石なのかもしれない。つけたら最後、一生外れない。

でもたとえ、そうであったとしても、ルイスからの初めての贈り物だ。綺麗だし、嬉しい。一生外れなくてもよい気がした。

「お前がつけてくれる？」

手渡そうとするので、お願いするとルイスの動きが止まった。

「私が、ですか」

「そう」

貴金属類を女性に贈り、『俺がつけてやるよ』と言って、つけながら肌に触って女性をその気にさせる。女たらしのやりそうなことである。

（あまつさえ！　耳に息を吹き込むのだわ）

汚らわしい遊び人だ。『不潔！』とルイスを罵ってみたい気もしたが、誑かされたい誘惑が勝《まさ》った。

ルイスがアデルの横に回り、身を屈《かが》めた。

そして耳元でカチャカチャ音を立てる。カチャカチャ音がやまない。

「……ルイス？」

「時間がありません。侍女殿、申し訳ないが、殿下に耳飾りをつけてください」

「……わかりました」

控えていた侍女にルイスが早口で声をかけた。侍女はすかさず指示通りに、アデルの耳たぶにイヤリングをつける。

「よくお似合いです。皆を待たせてはなりません。行きましょう」

「え、ええ」

急いでるのか、ルイスはやや強引にアデルの手を取った。

夜会の会場となる広間にはすでに多くの客人がそろっていた。

まずは二人並んで、国王夫妻に挨拶をする。挨拶が終わると、兄王の口からアデルとルイスの婚約が発表された。

すでに周知のことだったらしく、皆から驚きの声は上がらなかった。心の中はどうなのかはわからないけれど、拍手をして祝ってくれた。

その後、声をかけてくる客人たちの応対をした。

エスコート役のルイスの腕にそっと指をかけ、アデルは楚々とした『王妹殿下』の笑顔を振り撒く。

ルイスのほうは完全なる無表情であったが、見映えがよいのでその姿も絵になった。

愛想笑いがいらないなんて、美形は得である。

懐かしい人にも再会した。

かつてアデルの家庭教師をしてくれていたパルケル夫人が、双眸に涙を浮かべ、アデルたちの婚約を祝福してくれた。もしかしなくても、アデルの初恋に気づいていたのかもしれない。

ちなみに八年経ったというのに、夫人の容姿は昔と全く変わらぬままだった。年齢の経過を感じさせない姿に、もしや魔女なのではなかろうかと疑いたくなった。

招待客の大半は、アデルの帰国と結婚を温かく受け入れてくれているようで安堵する。

ひと通り挨拶をしたあと、アデルはルイスと広間の中央へ行き、ダンスを踊った。

ルイスは美形にあるまじきことに、ダンスが下手くそであった。

「……リズム感が、怖ろしいくらいないわね」

「申し訳ありません」

全体的にぎこちなく、優雅さが圧倒的に足りない。訓練場で見せていた軽やかさが全く感じられなかった。運動神経とダンスの能力は比例しないのだとアデルは知る。

夜会は恋愛小説では欠かせない、愛を育む絶好の場所である。そしてダンスは、貴公子が乙女を落とすもっとも有効な技である。

体を密着させ、愛の言葉を囁《ささや》くのだ。乙女はメロメロである。それができないとは。

ルイスはもしかしたら、アデルが思うほどには女たらしではないのかもしれない。

しかし——優秀な男だからこそ、不得意なものがあることが、逆に魅力的に見えたりもする。乙女たちは『意外性』に興奮するのだ。

「お前も高度な技を使うようになったのね」

感心して呟くと、ルイスは不審げに視線を揺らしたものの、問いただすような無粋な真似はしなかった。

そんな些細な行動の中に、ルイス少年の名残を見つけ、アデルは和やかな気持ちになった。

ダンスを終えて、休憩がてらに再び、招待客に愛想を振り撒く。

（そろそろ……アレが起こるかもしれないわ）

ルイスに寄り添って幸せそうにアデルがダンスする姿に、恋敵の嫉妬心もよい具合に熟成されたことだろう。

ルイスには美人系よりも、可愛い小動物系の女性のほうが似合いそうだ。守ってあげたい感じのふわふわした女の子。しかし、そういう子がワインを王家の姫たるアデルにかけるだろうか。ワインをかけてくるのは、その子のお節介な友人かもしれない。

「これはこれはアデル王妹殿下。お久しぶりでございます」

顔や態度には出しはしないものの、ソワソワとこっそりあたりを窺《うかが》っていたアデルの前に、期待とは違うものが現れた。

「お久しぶりです」

小動物のような愛らしい女の子ではなく、狸《たぬき》顔の中年男である。

誰だか全く覚えていなかったが、アデルはそのことを悟られぬよう微笑を浮かべ、優雅に礼をした。

「アデル様。是非私とも踊ってはいただけないでしょうか」

狸顔の中年男の隣にいた若い男が、手を差し伸べてくる。

全体的にのっぺりしてはいるものの、そこそこ整った顔立ちをした二十代半ばくらいの男だ。

「私の跡継ぎのルドマンです」

狸男が、のっぺりした顔立ちの男の紹介をした。

「実は我が家も、殿下の降嫁先に名乗りを上げていたのですよ。ですが、そちらのバトリー男爵のご子息……今は陛下の温情で得た伯爵位をお持ちでしたか。ハッハッハ。そちらに先を越されてしまいました」

なんという小物臭であろう。大物臭が一切ない。

アデルは身分を嗤《わら》われたルイスが、その麗しい顔を屈辱で歪ませているのを少しだけ期待しながら、彼の顔を窺った。しかし、ルイスは全くの無表情であった。

もしかしたらこういう嘲りには慣れているのかもしれない。

「ローマイア伯爵は武芸には達者であられるが、ダンスはお得意ではないようだ。こういう社交の場にも、不慣れなのだろう。少し休憩されてはいかがかな。アデル様、あなたと踊る機会をこの私めにお与えください」

のっぺりした顔立ちの男が、ちらりとルイスを横目で見ながら言う。

煽《あお》られ続けているルイスは無表情を保っている。

「せっかくのお誘いですけど、わたくし今夜は婚約者のルイス・ローマイアとしか踊りたくありませんの」

不快感を隠し笑顔で言うと、ルドマンとやらは一瞬不快げに唇をひくつかせた。

特に取り柄のない未亡人の姫にあっさり断られるとは、思っていなかったのだろう。

「顔がいいと得であるな、バトリー男爵のご子息……いや、ローマイア伯爵。顔目当てならば、そなたが選ばれるのも致し方あるまい。王妹殿下は相当な面食いだ。ハッハッハ」

狸顔の中年男が笑う。

アデルは果たして、面食いなのであろうか。

元夫である国王は色男ではなかったが、敬ってはいた。しかしそれは『好き』とは違う感情だった。

大国の王子の中にはルイスほどではないが、優美な顔立ちの者もいた。でもあまり、ときめかなかった。

よく考えてみたら、今現在のルイスの容貌は眼福ではあるが、ときめいているから結婚したいというわけではない。八年前の初恋の少年だから結婚したい、それが一番の理由だ。

だとしたら――アデルは面食いではなく少年嗜好の気があるのではなかろうか。

自身の性癖に気づき戦慄していると、隣に立っている、アデルに少年嗜好の性癖を植えつけた男が、冷え冷えとした声を発した。

「陛下に降嫁を願い出たのは私です。陛下に言われ、アデル殿下は私を選んでくださっただけだ。侮辱するのはおやめください」

ふと見上げると、無表情だったルイスが、苛立ちを露《あら》わにしていた。

「そなたのほうから降嫁を願い出るとは……伯爵位を陛下から賜っただけでは満足できないなど、欲深な方だ。ハッハッハ」

アデルは全力で走り出して、わめき散らしたい気持ちになった。しかし我慢し、ルイスの腕を強く自身のほうへ引き寄せた。

「わたくしがまだ少女の頃。ルイス・ローマイア伯爵は騎士見習いとして、わたくしに付き従っていました。あの頃の彼は、身長がわたくしより小さくて、とても愛らしい少年で……わたくしたちは清らかな主従関係でありましたが、清らかであるからこそ、その想いは、海のように深く、山のように高かったのです」

アデルは慈愛の微笑を浮かべ、中年の狸とのっぺりした顔の男。そして不穏な気配にこちらを窺っている招待客を、ゆっくりと見回した。

そして大広間全体に聞こえるように、声を張り上げる。

「わたくしがライツヘルドの繁栄のため、大国に側室として嫁ぐことが決まった八年前。ルイスはわたくしとの別れに涙を流し、見送ってくれました。わたくしは彼の涙に心を打たれながら、この国の王女として恥じぬよう、大国でも誇り高く過ごしました。月日が流れ、王が崩御され……この国に帰って参りました。そして偉大なる国王陛下が！　わたくしの敬愛するお兄様が、わたくしのことを想い、清い主従関係の中、いつの間にやら生まれていた少女時代の淡い初恋を！　そう初恋を叶えてくださったのです。陛下の妹を想うお気持ちを、欲深いとは……わたくし、悲しくてなりません」

脚色入りの物語を語っているうちに感情移入してしまい、涙が零れた。

周囲にいる招待客らが、ひそひそこそこそ、と何かを言い合っている。

淑女の中には、アデルの話に同情してハンカチーフで目を押さえる者もいた。

「その、いえ、私はそんなつもりは」

「なんの騒ぎだ」

狸顔の中年男が焦っていると、兄王が騒ぎに今気づいたのか、それとも頃合を見計らっていたのか、悠然とした足取りで、こちらに近づいてくる。

ていった。

「お兄様」

狸顔とのっぺり顔の親子は兄王に一礼すると、こそこそと広間の向こうへと尻尾を巻いて退散していった。

引き際まで小物らしい。小物の中の小物といったふうであった。

「……愛しい妹よ。一曲お相手願えませんか？」

兄王は手っ取り早く騒ぎを収めたいようだった。

「まあ。今日はルイスとしか踊らない予定だったのだけれど、お兄様なら仕方がありません」

差し出された兄の手を取る。

ふとルイスを見ると、彼は無表情に戻っていた。けれど……黒い瞳が、少しだけ揺れて見えた。

アデルは気になったものの、宮廷楽団がワルツを演奏し始めたので、兄に手を引かれるまま広間の中心に向かった。

「お前たちの門出に水を差してしまったな」

「構いませんわ。わたくし、お兄様の選択に改めて感謝しておりますし」

ワルツを踊りながら、小声で言葉を交わす。

さすが一国の王だ。ルイスとは違い、優雅なダンスパートナーぶりである。

兄も若い頃は結構な色男だった。髪の有様が少々残念ではあったが、今もよく見れば色気のある端整な顔をしている。

「わたくし、降嫁先が先ほどの小物臭漂うお家《うち》でなく、ルイスでよかったと、心から感謝していたところです」

「そうか……お前には苦労をかけた。兄としてだけでなく、この国の主としてもお前に幸せになって欲しいと思っている」

もしかしたら兄も義姉の恋愛小説を借りて読んでいるのだろうか。

大国での側室生活が、おどろおどろしいものだったと思っている節がある。

「お兄様……実はわたくし、あちらでもそれなりに幸せでしたの。ですから、そう気に病まなくてくださいませ」

「……アデル」

本当のことなのだが、兄を想い気を遣って偽りを口にしているとでも思っているのだろう。

なにやらものすごく感極まった顔をされてしまった。


兄とのダンスが終わり、あたりを見回すが、ルイスがいない。

アデルは笑顔を振り撒きながら、ゆったりとした動作でルイスを探す。

もしかしたら――隠れて元婚約者か本命の恋人と、逢瀬《おうせ》中なのかもしれない。

こういうときは、バルコニーである。

覚悟を決め、バルコニーへ向かうと、見知った顔に遭遇した。

「あら、あなたは」

ライツヘルドの騎士団長だ。

ルイスの今の階級は副団長。あの頃も今も、変わらず彼の直属の上司である。

八年前より若干皺が増えてはいるものの、そこまでの変化はない。雄々しい熊のような男であった。

ルイスと同じ騎士の礼服を着ているのだが、彼とはまた違った種類の荒々しい色気があり、よく似合っていた。

「これはアデル殿下。この度はご婚約、おめでとうございます」

「ありがとうございます。ところでルイスを見なかったかしら」

「ああ……庭に出て、落ち込んでいましたよ」

騎士団長は、なぜかニヤニヤと笑みを浮かべて言う。

「落ち込む？」

「ええ。自分がお守りすべき殿下に庇《かば》われたとでも思ったのでしょう。矜持というより、男心ですね」

男心。それは女であるアデルには永遠にわからぬ謎である。

「わたくしは、残念ながら男心がわかりません」

「この場合の男心は実に簡単なものです。大好きなあなた様に、格好のよいところを見せたかった。それだけのことですから」

「彼は……いつも、とても格好がよいけれど」

「知ってますか、あいつ……」

と切り出して、騎士団長は込み上げてきた笑いが抑えきれなかったのか、ふっと一度噴き出した。そうしてから話を続ける。

「今日の夜会で、ダンスがあると知って、特訓をしてたんですよ。ダンスなんてまともに踊ったことがないからって珍しく焦って。毎晩、自分の部下に女役をさせて付き合わせてたんです」

アデルは思わず、美青年と美少年が絡み合う禁断愛を想像してしまいそうになるが、寸前のところで押しとどめた。

そして——再会した翌日に会ったとき、アデルがドレスのことで頭をいっぱいにしている横で、彼もどことなく焦燥していたふうだったのを思い出す。ダンスのことで焦っていたのだろう。

先ほどダンスを踊ったとき、下手くそだったけれど、ルイスは懸命にアデルに合わせようとしていて……。

アデルは彼を無性に抱き締めたくなった。

「わたくし、ルイスのことが可愛くて仕方がありません」

「殿下、それ。可愛いとか、ルイスの前で言ったら駄目ですよ」

「どうしてです？」

「男心です」

「男心って難しいのですね」

「女心ほどではありませんよ」

騎士団長は雄々しい顔を緩ませて、肩を竦《すく》めた。

「ああ、戻ってきました。俺があなたと話してるんで怒ってるな。退散させてもらいますよ。……初恋を拗《こじ》らせてあなたを八年も想い続けた可愛い男です。大事にしてやってください」

騎士団長はそう言い残すと、ルイスが向かってくる入り口とは別の方向から、足早に去っていった。

入れ替わりにバルコニーに現れたルイスは、騎士団長の後ろ姿をひと睨みし、眉を寄せてアデルを見下ろした。

「何を話されていたのです」

「お前はわたくしのことが好きなの？」

訊ねると、ルイスは息を詰まらせ一瞬固まる。

「……私は、お慕いしているとすでにお伝えしているはずですが」

「何か、事情があって、偽りを口にしているとかではなくて？」

「事情もありませんし、偽りも口にしていません。……嘘ではないということも、すでに申し上げたはずです」

嘘ではない。確かに、そう言われたけれど、多くの女性を騙したり泣かしたり、あやつってきたかのような、麗しい美形なのだ。

いまいち実感がわかないし、信じられなかった。

「あるじ、とかそういうのではなくて？」

「……女性としてお慕いしています。そうでなければ、降嫁を望んだりはいたしません」

いつから好きなのか。ずっと慕っていたと言っていたが、ずっとというのは騎士団長が言っていたように、やはり八年前からなのか。

あのつれなかった少年時代から、まだ少女であったアデルを想い続けていてくれたのか。

聞いてみたかったけれど、『そうだ』と言われたら、なんだか幸せすぎてどうにかなってしまいそうだ。

「わたくし、お前を大切にするわ」

アデルは力強く宣言する。

「団長から、何か聞いたのですか……？」

「恋敵が現れても、王女の権限をもって排除します。お兄様が負い目に思うお気持ちも最大限に利用して、お前を独占すると決めました」

このいじらしく可愛い男のために、アデルは悪役姫になることを心に誓った。

我儘に。欲望のまま思いのままに振る舞うのだ。ワインをかけられるのではなく、逆にかけてやろう。

そして高らかに笑うのだ。『ルイスに近づく虫はこのわたくしが殺虫してやる！』と。

「でも……お前がどうしても、わたくしから離れたいと言うなら、そのときは譲歩してあげます」

（寂しいけれど……）

ルイスの恋心が真実なら、八年前、ルイスは隣国へ嫁ぐアデルを複雑な気持ちで見送ったことになる。

この世界では、いくら強く真摯な想いを抱いていても、どうにもならないことがあるのだ。

アデルは悪役姫になったとしても、その不条理さをルイスに押しつけたくはなかった。

「殿下、顔を上げてください」

ルイスが距離を詰め、真上から言う。

「どうしたの？」

見上げるといつもと表情は変わらないものの、黒い瞳が何か語りたがるように揺れていた。

「目を閉じてください」

「目を？　瞑るの？」

「はい。絶対、開けてはいけません」

「どうして？」

「閉じてください」

有無を言わせない口調で言われ、アデルは渋々両目を閉じた……ふりをした。

薄目を開けて窺っていると、端整な顔が近づいてきて——柔らかなものが唇に触れた。

何をされたのか気づく。年甲斐もなく恥ずかしくなって、開けていた薄目を閉じた。

頬にカアっと熱が集まっていく。

（こんなところで。誰に見られるかもわからないのに）

バルコニーは恋愛小説では愛を睦《むつ》み合う場所である。ときどき、重大な密談を盗み聞きしたり、殺人があったりもするが、とにかく夢がいっぱい詰まっている場所だ。

（そんな場所でこんなことをするなんて！）

いや、よく考えるとバルコニーでこそするべき行為のようにも思えた。

しかしである。許可なく唇を奪うとはいかがなものか。

わいせつ犯である。

抗議をしようと、目を開け、アデルは固まった。

ルイスが柔らかな微笑を浮かべて、アデルを見下ろしていた。

皮肉げな笑みではない。緩やかに唇を緩め、瞳には穏やかな色を湛《たた》えていた。

アデルがずっと見たくて堪らなかった、本当の微笑みであった。

見蕩《みと》れているうちに、微笑みはいつもの無表情になってしまったけれど、アデルの胸は激しくざわめいて、落ち着くことがなかった。

アデルはこの日——初恋の相手にもう一度恋をした。

◆◇◆

それからのひと月は、あっという間であった。

ルイスの元婚約者が『彼を返して』と言って現れることはなかったし、現恋人に『あなたがいなければ』と誘拐されることもなかった。

階段から落ちてルイスが記憶喪失になるという馬鹿げた事件も起こらなかった。

馬に蹴られて死亡して来世に夢を託したりもしなかったし、ルイスの『番《つがい》』が見つかったりはしない。

亡くなった元夫である大国の王が実は生きていたなんてこともなく、大国の王子がアデルを愛していたと気づき迎えに来る……なんてことも起きなかった。

再婚することを大国に伝えると王太后になった元王妃から、丁寧な祝いの手紙とともに、高価な絹織物や宝石のあしらわれた鏡や櫛《くし》などが届いた。

幸せすぎて怖いので、もしかすると明日死んでしまうのかもしれないと不安になっていたが、特に何も変わりはなく、アデルは無事、正式にルイスのもとへ降嫁した。

結婚式は予定通り、ささやかに、身内だけで行われた。

隣国に嫁いだ二番目の姉が、お忍びで参列してくれて驚いた。

隣国の王妃になった姉には三人の子どもがいるが、昔と変わらず可憐で美しかった。

愛おしい人たちに囲まれ、愛おしい人と結婚する。

祝福の嵐。鐘が鳴る。鳩《はと》が飛んで、花吹雪。めでたしめでたし。

少女向けの恋愛小説ならここで、サクランボの味がするキスをしておしまいである。

しかし――。

アデルは今宵から王宮ではなく、ローマイア伯爵家で暮らす。

初めて訪れた伯爵家の屋敷は、そこそこに広く、手入れの行き届いた庭もあり、室内には品のいい家具が並んでいた。

アデルの部屋は二階にあった。

アデルはそこで、朗らかな侍女に『夜の支度』をさせられた。

この侍女が、もしかしたらルイスの愛人という可能性もなきにしもあらずであったが、夫がいて成人の息子がいるそうなので、ルイスが複雑な性癖の持ち主ではない限り、違うであろう。

「奥様。そちらの扉が主寝室になります。旦那様もすぐに来られると思いますので、そちらでお待ちくださいね」

侍女は意味深な笑みを向け、部屋を出ていった。

侍女がいなくなると、アデルは身悶えた。

(奥様!)

奥様、奥様なのである。側室時代も一応は奥様ではあるのだが、アデルを奥様と呼ぶ者はいなかった。

再婚して、アデルは初めて奥様の称号を手に入れたのである。

四章　初夜

アデルの自室は、淡い若草色を基調とした落ち着きのある部屋だった。

化粧台やベッドがあり、壁には衣装部屋へと続く扉がある。

そして、入り口と衣装部屋以外にもうひとつ扉があった。夫婦の寝室へと続く扉だ。

アデルは壁にかけてある姿見で、自身の姿を確認する。

膝下丈の薄い白絹のナイトドレスは、胸元と裾にレースがあしらわれた、色っぽいというより清楚な感じの作りだ。

肌は透けていないが、体の線が丸わかりである。貧弱な胸の残念感がすごい。

化粧は侍女が素顔風に見えるよう、施してくれていた。

アデルは男性と情を交わすのは、初めてではない。今は亡き大国の王と、数える程度ではあったが閨《ねや》をともにした。

親子ほどの年の差がある王は、慣れないアデルの体を優しく開いた。

愛情こそなかったものの、そこには信頼関係のような感情もあり、ときめきのような甘い想いはなかったが、不快感もなかった。

そして今は——初めて王の寵愛を受けた、あの夜よりも緊張していた。

なんだかものすごく、月に向かって遠吠えしたいような恥ずかしさがあって、居た堪れない。

ルイスのことを想うと、胸の奥がきゅうきゅうと締めつけられ、頭がふわふわしてくる。

(怖れることなどないわ)

初めてのときよりは痛みはないだろうし、ルイスもあれだけ優美な男である。大国の王ほどではなくとも、多くの女性と閨をともにしているだろう。

経験豊かな彼は、優しくアデルを導いてくれるに違いない。

ルイスの過去を想像すると、胸が嫉妬でちくりと痛むけれど、アデルもまた再婚だしお互い様である。

アデルは大きく深呼吸し、夫婦の寝室への扉を開けた。

テーブルに置かれた燭台《しょくだい》が、寝室を柔らかな光で照らしていた。

特に目立ったものはない。ベッド以外には。

上品なレースのカーテンが四方で括《くく》られている。広くて豪華な天蓋付きのベッドだ。

見ているだけでむらむら……いや、ドキドキしてきた。

アデルは落ち着きなく、ベッドに座ったり立ったりを繰り返す。

すぐに来る、と侍女は言っていたが、ルイスはまだ来ない。

キョロキョロとあたりを見回していたアデルは、自身の部屋へと続く扉のちょうど向かい側に、全く同じかたちの扉があるのに気づいた。

（こっちがわたくしの部屋ならば、あちらはルイスの部屋かしら）

――本来ならノックをして、許可を得てから扉を開ける。それが淑女として、いや人として当然のマナーである。

けれどこのときのアデルは、部屋の造りばかりに関心を向けていた。そのうえ気配が全くなくて、向こう側に人がいることを想像すらしていなかった。

何も思わず、勢いよく扉を開いたアデルは、その光景を見て――――扉を閉めた。

部屋の中には、ルイスがいた。

入浴をすませたあとなのだろう。髪を後ろに流していないため、いつもより少しあどけなく見えて可愛かった。

きっちりとした花婿衣装からも着替えていて、白いシャツ姿だった。いつもの騎士姿も目の保養だが、軽い感じの装いも、普段との違いもあって素敵だった。

下は……半分ずり下ろしていたので何を着ていたかわからない。

そう、膝元までずらしていたのだ。

ずらして、下半身を丸出しにして、自身の股間にあるそれを手で握り締めていたのである。

そしてなぜか、アデルを。いや、寝室へと続く扉を見ていたため、アデルはルイスと目がばっちりと合ってしまった。

これは見てはいけないものだと、頭より体が判断し、アデルはすぐに扉を閉めた。

だから、こちらを見た黒い瞳が驚いて見開かれたままでは確認したが、それ以降どうなったのかはわからない。

アデルは今、ものすごく困惑していた。

彼のしなやかな手の合間から、紅色のつるりとした丸みを帯びた先端が見えた。

アデルは色合いや、かたちが違うものの、その存在がナニか知っていた。

ルイスは……自身の男性器を握り締めていたのだ。

握り締めて、擦《こす》って。そして先端の部分から雫《しずく》を零していた。

アデルは自身が今見た光景に、なんの意味があるのか考える。

考えて――アデルは結婚したばかりの夫の嘘と裏切りに絶望した。


しばらくして、ルイスが夫婦の寝室に入ってきた。

裏切り者で嘘吐きのくせに、何事もなかったかのような無表情である。

きっと先ほどの行為を咎《とが》めることなく、黙って、見なかったふりをするのが妻として正しい行為なのだろう。けれど、正しいのだろうけど……アデルは悲しくて堪らない。

(どちらにしたって……お兄様が薦めた相手なら、嫁いでいた。だから誰であったって、よかったのだ)

相手がルイスでなかったとしても、アデルは嫁いでいた。

兄は八年前とは違い、拒むこともできると言っていたが、国にとって有益な者に嫁ぐのは、王家に生まれた者の役目だ。そこに愛があろうがなかろうが関係ない。

割り切っている。

ライツヘルドの姫として感情的になるのは愚かだとわかっているのに。それでもアデルはルイスの行為を裏切りだと感じていた。彼のことを詰《なじ》りたくなる。

「ルイス、お前は」

「何も聞かないでください」

ルイスは冷ややかな声で、アデルの言葉を遮るように言った。

その声は、今まで聞いたことがないほど冷ややかだった。

お披露目の夜会で、中年狸に向けて発したときよりもずっと冷たくて、有無を言わせない響きをしていた。

(どうして慕っているなんて、嘘を吐いたの。事情も嘘も偽りもないって、そう言っていたのに。それすら……何もかもが嘘だったなんて)

慕っていると言って、期待をさせて。

最初から知っていたなら。期待をしていなかったなら、初夜の場で冷たくされたって、ここまで悲しくはなかったというのに。

ルイスはすれ違ってばかりいる恋愛小説みたいに、『俺に愛されると思ったのか』とか、『他に好きな女がいる』とか……閨の直前に、真実を口にはしなかった。

何も言わずアデルを抱き寄せて、ベッドに押し倒し、覆い被さってくる。

(どうしてこんな真似をする必要があるの)

ついさっきまで、胸をときめかせていたベッドの上に二人でいるというのに、今のアデルには悲しみしかない。

アデルの瞳から涙がはらはらと流れ落ち、耳を伝い、シーツに零れる。

「っ……ど、どうされたのですか」

ルイスが慌てたように声をかけてきて、それから小さく溜め息を吐いた。

「泣くほど嫌ですか。おれに……私に抱かれるのはお嫌ですか？」

「嫌なのは……お前のほうでしょう？」

「……は？」

「こんな、抱くふりをすることになんの意味があるというの？　ただのかたちだけの結婚がよいのなら、最初から言ってくれれば、わたくし、お前に協力したわ」

溢れ出す涙を指で拭いながら、アデルは嘘吐きな男を見上げた。

ルイスはなぜか困惑した顔で、アデルを見下ろしていた。

「殿下。何を仰られているのか意味がわかりかねます」

「お前はっ！　わたくしを馬鹿にしているのっ！　お前は、お前は……っ！　わたくしを慕っていると言ったのに！　わたくしを女として慕っていると言ったくせに！　わたくしと子どもを作るのが嫌なのでしょうっ！」

「…………は？」

「わたくしが、お前との子どもを願っているのを知っていて。あれはわたくしへの裏切りです。おお前は嘘吐きです！」

「…………殿下、お待ちください、私は」

「お前の先ほどの行為のことです！　自分の手で子種を出して！　わたくしには一滴も与えるつもりがないのでしょうっ！　なら、最初からそう言えばいいのにっ！　お前は、嘘吐きよっ！」

ルイスは自身の手で性器を擦り、子種を出そうとしていた。

アデルには子種を与えず、子を産ませないつもりなのだろう。

きっと本命の恋人がいて、そちらに子を産ませたいのだ。

もしかしたら他の事情があるのかもしれないが、アデルとの子どもを望んでいないのは確かだった。

アデルは涙を流しながら、ルイスを睨み上げ詰った。

詰られたルイスは、自身の行為の非道さに今さら気づいたのだろうか。

黒い瞳が激しく揺れ、アデルに何か言いかけてはやめてを繰り返す、挙動不審状態になった。

「あれは……そ、そういうつもりではありません」

そしてなぜか、屈辱といったように唇を嚙み締め、押し殺した声で言う。

「そういうつもりではないとは、どういうつもりなのっ」

厳しく問い詰めると、彼は口の中でごにょごにょと聞き取れないような小声で何かを言っている。

「はっきり言いなさい！」

「あれはっ。あれは、そのっ……。…………殿下。私は殿下に黙っていたことがあります」

「本命の恋人がいるの？」

「いません。そうではなく…………私は今まで女性とそのような関係になったことがありません」

「そのような？」

「女性を抱いたことがないのです」

ルイスは俯いてそう言ったあと、覚悟を決めたように、アデルへ視線を戻した。

そして――

「私は、童貞です」

と、真面目な顔をして、はっきりと口にした。

アデルはルイスの言葉を受け止め理解するのに、少し時間を要した。

「……そんな嘘をわたくしが信じると思うの？　そんな女を誑かす悪の権化のような顔をして。本当は、何人も女性を侍《はべ》らして、日替わりで不潔な遊びに興じているのでしょう？　わたくしをその不潔なお遊びに加えるつもりなら、ちゃんと夫としての責務を果たし、子種は与えるべきです！」

妻として当然の主張をすると、ルイスは考え込むように固く目を閉じ合わせた。

少しの間そうすると、押し倒していたアデルの上半身を抱き起こした。

ルイスの長い指が、怯《おび》える子猫のように震えていた。

そしてそっと、アデルの泣き濡れた下瞼《したまぶた》に触れる。

「おれは……あなただけでいい。あなたをおれにくれるなら、何もいらない」

燭台の放つ柔らかい光の中、ルイスの黒い瞳が煌《かがや》いていた。

吸い込まれそうなくらい綺麗なルイスの瞳の中に、アデルが映っている。

「ずっと……あなたのことが好きでした。おれがどれだけ、この栗色の髪に触れたかったか。この髪に触れることを、あなたに触れることを、どれくらいおれが夢見ていたか。あなたは知らないでしょう？」

ルイスは、もう片方の手でアデルの横髪に触れた。

アデルはこのとき、ふと思った。

ものすごくよい場面で、恋愛小説ならば一番の盛り上がりの瞬間だとは気づいていた。

わかっていたが、どうしても。わかってはいるのだが、どうしても気になってしまった。

ルイスは手をきちんと拭いたのだろうか――と。

いや、別によいのだ。妻になるのだから、アレに触れた手で自分に触れようが構わない。

むしろアデルがルイスのアレに触れることもあるのかもしれないし、気にすることではない。

ただ先ほどの、アレを握り締めていたルイスのしなやかな指が脳裏にこびりついていて、忘れることができないだけだ。

「……おれの話を聞いておられますか？」

「き、聞いてるわ。お前は童貞なのね」

「いえ、いや………そうですが」

「信じがたい話ではあるけれど、お前がそこまで童貞だと言うのなら、お前は童貞なのでしょう。でもお前が童貞だからといって、先ほどの行為の意味が……」

と言いかけて、はっとする。とある有名な『言い伝え』を思い出したのだ。

あの『言い伝え』が真実であるなら、美形の中の美形であるルイスが、男の純潔を守り抜いていることや、アデルに子種を残したくない理由にも納得がいく。

「わかったわ！　お前は、童貞を三十歳になるまで貫いて、魔法使いになりたいのね。だから」

「違います」

ルイスはなぜか、ひどく疲れたような顔をしていた。

「ならどうして子種を自分の手で出そうとしたの」

「……あれは……女性を抱くのは初めてですので、性欲のまま、あなたに触れたら、乱暴な真似をしてしまうかもしれないと思い、だから一度自分で処理し、落ち着かせてから寝室に行こうとしていたのです」

「童貞が不慣れなのはわかります。……乱暴にもなるの？」

「乱暴にならないように、自身で処理をいたしておりました」

なんだか、どんどん疲れた眼差しになっていっている気がするのだけれど。気のせいだろうか。

「わたくしのために、自分で処理していたの？」

「はい。すべてあなた様のためです」

投げやりに言っているように見えるけれど、気のせいなのか。

「わたくしと子どもを作りたくないとか……そういうことではないのね」

「はい」

念を押して訊ねると、その返事のときは真摯な眼差しになった。

誤解をしていたとわかったアデルは、ベッドの上で向かい合い、畏《かしこ》まったように二人、座っている状況が、なんだか急におかしくなる。

「殿下」

ふふっと笑ったアデルに、ルイスが眉を寄せた。

「わたくし、お前になら乱暴にされたって平気よ。乱暴にしたっていいから、もう自分の手で子種を出したりしては駄目。これからは、お前の子種は全部、その一滴さえ、わたくしのものだもの。ちゃんと全部、わたくしの中にくれないと駄目よ」

「…………そういうことを、言ってはいけません」

ルイスは叱りつけるように言うが、うな垂れてしまって、声も弱々しい。

アデルはルイスににじり寄り、艶やかな黒髪を指でつまんだ。

「知ってる？　ルイス。わたくしも、ずっとお前のこの黒髪に触れたくて堪らなかったの。お前のことが好きよ。ずっとずっと大好きだわ」

ルイスが女性の体を知らないことは驚いたけれど、それが本当なら嬉しいと思った。

恋愛小説の中では、女性の扱いに手慣れた男性がほとんどだ。けれどアデルは、彼の初めての女性になれることが嬉しかった。

そして――嬉しかったからこそ、思う。

恋愛小説に出てくる女の子に、未亡人なんていない。少なくともアデルの知っているお話には未亡人のヒロインはいなかった。

物語の女の子は皆、たった一度の体験を……純潔を愛している相手に捧げていた。

決して恥じているわけではない。

アデルは大国の王に、この身を捧げたことを誇りに思っていた。

もし、もう一度八年前に戻り、ルイスと想いが通じ合っていたとしても、アデルは決して彼の手を取りはしない。

愛や恋の尊さと同じくらいに、アデルには守らなければいけないものや、大切なものがあった。

それを悲しいとも不幸であるとも思わない。

ただ――。

アデルはルイスが純潔だったからこそ、同じものを彼にあげられないことを申し訳なく思った。

「わたくしはお前と違って処女ではないわ。でもお前に純潔をあげることはできなかったけれど、八年前のあの口づけは、わたくしの初めての口づけだったの。あれで赦してくれる？」

頭を撫でられるままになっていたルイスが、がばりと勢いよく顔を上げた。

その顔は紅潮し、涙目だった。

「あなたはおれを初恋の人だと言ってくれた。あなたは……初めての心をおれにくれたんです。一番欲しいものをくれたのに、あなたが赦しを乞う理由など何ひとつない」

「……ねえ、目を瞑って」

「嫌です。あなたが目を閉じてください」

端整な色男なのに涙目になり、思春期の少年のように小生意気な言い方をするルイスが、アデルは可愛くて堪らない。彼の首に手をかけて、唇を奪ってやった。

「……嫌だと言ったのに」

「なら、次は、お前からして」

ルイスは目を眇め、アデルの後ろ頭に手を回し、唇を重ねてくる。

少しして離れると、今度はアデルからまた、彼に口づけをした。

何度かしているうちに、どちらが仕掛けているのかわからなくなる。

口づけに夢中になっていたアデルは、いつの間にかベッドに押し倒されていた。

「あなたを壊してしまいそうで怖い……」

アデルの耳の横に手をついて、低い声音でルイスが言う。

「わたくしは壊れたりしないし、お前になら壊されてもいいわ」

「だから。そういうことは言ったら駄目です」

壊してしまいそう、と言っておきながら、ルイスの指は焦れったいくらいに、おずおずとアデルに触れてくる。

ナイトドレス越しのささやかな胸元にルイスの掌が触れる。

焦らされていたせいで、その部分は痛いくらい尖ってしまっていて、薄絹の布地をつんと押し上げていた。

掌で撫でていたルイスは、硬くなったそれに気づいたのだろう。まるでそれがなんなのか確かめるみたいに、指先でつついている。

「んっ……」

親指で押し込まれ、思わず息が漏れた。

「……胸は、もういいわ」

「どうしてです？」

「だって、小さいもの。触っても楽しくないでしょう？」

「いえ、愉《たの》しいです」

「そうなの？」

「愉しいです。脱がせても、よろしいですか？」

「え、ええ。どうぞ」

ナイトドレスの肩紐がうなじのところで、蝶のように結ばれていた。

ルイスがうなじに手を回し、ごそごそと指を動かす。そんななんでもない仕草にさえ、背筋がぞくぞくした。

胸元の布地がするりと下ろされ、心もとない気持ちになる。

ルイスが真剣な眼差しで胸元を凝視しているのが恥ずかしい。

「寝転んでいるから、胸のお肉が横に流れてしまっているの。起き上がったら、ちゃんと膨らみはあるのよ」

一応、ささやかだけど、柔らかい感触はあるのだ。アデルが言い訳するように連ねる言葉を聞いているのかいないのか……ルイスが平らな乳房に触れてくる。

硬い掌の感触にアデルはビクリと震えた。

「……嫌ですか？」

「嫌じゃないわ。恥ずかしいだけ」

許しを得たと思ったのか、ルイスの掌の動きが大胆になる。

横に流れた柔肉を集めるみたいに撫で回したあと、てっぺんでツンと勃《た》ち上がっているそれを、色づいている場所ごとつまんだ。

「……ん。あ、あんまり強くしたら痛いわ」

「すみません」

謝りながらも、指を離すつもりはないようで、力を緩めて、親指と人差し指で、つまんだそれをくりくりと弄《いじ》っていた。

「む、胸は、もういいわ……」

元夫の王は豊かな胸が大好きだった。そのため、アデルの胸にはそそられなかったようで、触りはしたが、おざなりだった。

だからこんなふうに、胸をしつこく触られるのは初めてで。

恥ずかしくて、胸の先がじんっとして、なぜかあの部分にじんわりと熱が籠もった。

「んっ……ルイスッ……ん」

ルイスが指で弄っていないほうの胸に、顔を近づけた。熱くてぬるりとしたものが、胸の先っぽに触れて、うねうねと動く。

ちゅっ、と引っ張られる感触に、胸を吸われていると気づいた。

恥ずかしい。恥ずかしいけれど、気持ちがよくて、もっとして欲しいと思ってしまう。

「ダメ……とれちゃうから、ダメっ、ん」

ちゅううぅと、きつく吸引され、先っぽが取れてしまいそうな気がした。

「もう、胸は、いいから……もういいの……いいから」

アデルが弱々しい声で制止すると、吸うのはやめてくれた。けれど今度は、労るように舌先で優しく舐《な》めてくる。

ちゅくちゅく音が鳴っているのが、ひどく恥ずかしい。

優しく舐められるのも、むずむずして、どうにかなってしまいそうだ。

アデルは胸に顔を埋めているルイスの黒髪を軽く引っ張るが、やめてくれない。

大半の男の人は女性の胸が好きだという。ルイスも胸への執着心が強いらしい。

この小さな胸で彼の欲求が満たされるなら、いくらでもさせてあげたいとも思うけれど——アデルのほうがのっぴきならない状態になってしまっていた。

足の間が大変なことになっている。

胸をしつこく愛撫されているうちに、じんわりと熱を持っていたそこが、ぐっしょりと濡れてしまっていた。

太股を擦り合わすようにして、熱をごまかそうとしたけれど、余計に焦れったくなる。そこが恥ずかしいほどじくじく疼《うず》いている。

「胸、もういいから。した……したのところ……して欲しいの」

うわ言のように言うと、ルイスの動きが止まる。

そして恐々といったふうに、半分捲れていたドレスの裾から掌を入れた。

内腿に触れて、そして。

「んっ」

「……っ。ここ……濡れています」

「そ、それは、粗相をしたわけではないの。お前が、胸を触ったりしたから……」

「感じてくださったのですか」

「そう……んっ、だ、だから、そこ、触って、あっ」

ルイスの指が、そこに添うようにあてがわれ、ぐちょっと淫音が鳴った。

アデルの濡れそぼったそこで指が、くにくにと動く。その度に、淫靡《いんび》な水音がした。

ルイスが「すごい」とか「なんだこれ」とか「濡れてる」とか、ぶつぶつと呟いている。

恥ずかしくて堪らないのに、秘められた場処《ばしょ》をルイスに触れられ、そこはヒクヒクと蠢《うごめ》いて、悦《よろこ》びの蜜を零した。

アデルのしっとりと濡れた部分に触れるうちに、ルイスは芯を持った部位に気づいたのだろう。

それがなんなのか確かめるみたいに、指先で突き始めた。

「……っん、あっ、んんっ、だめ、そこ」

淫蜜が絡んだ指腹で、ぬるぬると膨らんだそれを撫でられる。

アデルは悦びに背筋を反らした。

彼が触れているそこは、女性がとても気持ちよくなる快楽の源だった。

胸にされたみたいに、くりくりと押し込むようにされる。

アデルは込み上げてくる悦楽の渦に耐えきれなくなり、ルイスの肩に爪を立てて、その部分に差し込んでいる腕を太股で締めつけた。

極めてしまった羞恥と欲情で、頭の奥がじんじんする。

「……お前も、脱ぎなさい」

ルイスが衣服を着たままなのが腹立たしい。息が落ち着いたアデルは彼に命じる。

「お前と、裸で、抱き合いたいの」

ねだると、ルイスは怒ったような顔をしてシャツを脱いだ。

衣服の上からではわからなかったけれど、ルイスの胸はほどよく筋肉がついていて、想像していた以上に逞《たくま》しい。引き締まった体を目の当たりにして、アデルの胸は激しく高鳴った。

「下も……ちゃんと、脱いで」

ルイスは一瞬躊躇ったが、すぐにアデルの願いを聞いてくれた。

ちらりと目をやると、ルイスのそれは雄々しく上を向いている。

「見ないでください」

「恥ずかしいの？」

ルイスは返事はせずに、アデルに圧《の》しかかり、口づけをしてきた。

腹のあたりに硬くて熱いものが触れる。それが先ほど見たルイスの男の部分だと意識すると、欲しがるように、アデルの女の部分がきゅうっと収縮した。

「ねえ、ルイス。もう、いれて」

ルイスが険しい顔をしてアデルを見る。

「わたくしも濡れているし、お前も硬くなっているし。わたくし、お前の子種が欲しい」

「……そういうことは言っては駄目です」

「くれないの?」

「あげます、けれど……その……おれを、煽るのはやめてください」

「くれるなら、はやく。お前が欲しいの」

アデルは積極的すぎるかもしれないと思いながらも、自ら両脚を開いて、男を誘った。

(年上妻だし、再婚だし。ルイスは童貞だし)

これくらい積極的でも許されるだろう。

眉を寄せ、黒い瞳に欲情の色を湛えたルイスがアデルの膝に手を入れる。

両脚をさらに割り広げるようにしながら、アデルのその部分に丸い先端をあてがった。

ぬるりとして熱いお互いのその部分が触れ合う。

触れ合って、すぐに——温かな何かがピシャリとそこにかかった。

見ると、ルイスが俯いていた。

そっと体を浮かせ自分のそこを覗き込むと、白濁のぬめった液体が飛び散っている。ルイスの子種だ。

「ちゃんと中にくれないと駄目よ」

「……っ、何をっ……」

「お前の大事な子種よ。もったいないわ」

アデルが指でそれをすくい取って、自身のそこになすりつけようとしていると、その指をルイスが掴んだ。

「すぐにあげますから。お願いですから、おれの理性を崩壊させるようなことしないでください」

「でも、お前の子種だもの。全部、一滴も残さず、わたくしの中に欲しいわ。んんっ」

言葉を封じるような口づけをされた。

そして――。

若さとは素晴らしい。子種を放出したばかりだというのに、ルイスのそこはすでに硬く猛《たけ》って上を向いていた。

アデルのその部分に、丸く硬い先端が触れてきた。

「あっ。あぁっ……っ」

ぐっと押し込まれ、体の奥が、ルイスのかたちに拡《ひろ》がっていく。

とん、とすべてが埋まり、嵌《は》まるように。

ルイスの熱いそれを、体の一番奥で感じた。

「くっ」

ルイスが切なげな顔をして、吐息を零す。

（……どうしよう、可愛い……好き……）

色っぽい表情や、掠《かす》れた甘い呻きに、胸の奥がきゅんきゅんした。そして同時に、女の部分が、ぎゅうぎゅうとルイスを締めつけているのが、自分でもわかった。

「う、あっ……」

ルイスが堪えるように下唇を噛んだ。

そうして息を整え、深呼吸してから、緩やかな抽挿《ちゅうそう》を始めた。

徐々にその律動は速くなり、そうしばらくもしないうちに、ルイスが呻いて、体を強《こわ》ばらせて、弛緩《しかん》した。

「ルイス、ルイス」

体の中にルイスを感じながら、アデルは手を伸ばし黒髪を撫でた。

「……殿下」

「夫婦になったのだから、名前で呼んで欲しいわ」

「……ア、アデルさま……」

様はなくてもいいのに、と思うが、アデルさまと何度も連呼しながら、口づけをしてくる姿が可愛かったので、まあいいかなと思った。

◆◇◆

初めての夜。

目覚めは旦那様の逞しい腕の中で。

彼は腕枕をしていて、腕が痺れているはず。それでも、そんな素振りを見せずに、おはようの口づけをしてくるのだ。

そしてちゅっちゅっという可愛らしい口づけをしているうちに、再びシーツの海に沈む――。

(……というのを、期待していたのだけれど)

カーテンからは朝の爽やかな陽光が差し込んでいた。

ちゅっちゅっではなく、チュンチュンという小鳥の囀《さえず》る声が聞こえてくる。

シーツを指で探るけれど旦那様の体はない。

大国で王と閨をともにしたときのことを思い出す。

王が朝まで側室と共寝することはない。少なくともアデルと同衾《どうきん》したときは、事がすむと王はすぐに退室した。

これが普通だといえば普通なのかもしれないが……昨夜の、愛情に満ちた行為の名残が体と心に残っていて、寂しくもあった。

もしかしたら、あの甘く蕩《とろ》けるようなひとときは、夢だったのかもしれない。

「寝ましょう」

今眠ったら、続きが見れるかもしれない。

柔らかなブランケットを被り直し、二度寝をしようとしていると、扉が開く音がした。

ルイスの部屋に続く扉から、騎士服を纏った長身の男が現れる。

夢の中でしか会えないアデルの旦那様だ。

「起きておられますか？　おはようございます」

美貌の旦那様は無表情で、ベッドへ近づいてくる。

アデルはむくりと、半身を起こす。

「おはよう」

挨拶をしながら自身の姿を見ると、昨夜脱がされたはずのナイトドレスを着ていた。

後宮では侍女が王が退室すると入れ替わりに入ってきて、後始末を手伝ってくれていた。

けれど昨夜は、幸福と甘い悦びの余韻で、ルイスに抱かれたまま眠ってしまったので記憶がない。

侍女が着せてくれたのだろうか。

それにしては、体に違和感がある。すっきりしていないというか――。

「……もしかして、お前がナイトドレスを着せてくれたの？」

近づいてきたルイスに問いかけると、彼は視線を揺らした。

「……はい」

侍女、あるいは手慣れた男ならば、アデルの体を拭いて新しいナイトドレスを着せたことだろう。

アデルは不慣れな夫が愛おしくなる。

「眠っている相手を着替えさせるのは大変だったでしょう？」

「いいえ、あなたは軽いですし苦労はしませんでした。……酔った団員の後始末をすることもあるので」

「後始末？　服を着せるの？」

「酔って服を自ら脱いだあげく、道ばたで寝てしまう者がいるのです。服を着せ後始末をしておかないと、朝になり見つかれば、騎士団の評判が下がりますから」

そのときのことを思い出したのだろうか。ルイスは憂鬱な顔をした。

「道ばたではないのだから、わたくしはそのままにしておいてもよいのよ」

「か、風邪を召されては困りますから」

ルイスは、ほんのりと頬を赤らめた。その姿に昨夜の名残を見つける。

「ルイス。こちらに来て」

アデルが手を差し出すと、彼はおずおずとその手を取り、ベッドに腰をかけた。

「目を瞑って」

「殿下」

「殿下、ではなくて、アデルでしょう？」

「アデル様……」

「朝。目が覚めて、お前がいなくて寂しかったわ」

アデルは自分の気持ちを素直に告げる。

「も、申し訳ありません……王宮に行く用があったので」

「結婚式の翌日からお仕事なの？」

（新婚。それも初夜の翌日なのだから、今日くらい融通してくれたらよいのに）

彼の上司や、休むよう王命を出さなかった兄王を少し恨みたくなった。

「午後には戻ってきます。昼食は一緒に取りましょう」

「一緒に？　同じテーブルで？」

「ええ……不敬でないのならば」

「夫婦になったのに、不敬であるわけがないわ……嬉しい」

ルイスと同じ場所で食事ができる。普通の夫婦なら当たり前のことなのだろうけれど、アデルにとっては特別な、奇跡のような幸せだった。

ふわふわした気持ちになって微笑んでいると、重ねたままだったルイスの手に力が籠もる。

「目を閉じてください」

「……わたくしが？」

「はい」

彼がしてくれるのなら、それでもよい。

アデルが目を閉じると、そっと、かすめるように優しい唇がアデルの唇に触れてきた。

「……朝食はどうされますか？　こちらに持ってきましょうか」

軽い口づけのあと、ルイスが髪を撫でながら訊ねてきた。

「いいえ。起きるわ」

夢で旦那様に会うつもりだったけれど、現実で会えたので二度寝する必要はない。

それにまだ間に合うなら、着替えて、ルイスを見送りたい。

ベッドから足を下ろしたアデルは、秘処の違和感に、ふと動きを止める。

「どうかされましたか？」

「子ども、できてるかしらね」

望んだからといって、すぐにできるものではないけれど。できていたら嬉しい。アデルはそっと、お腹《なか》に掌を当てる。

「……アデル様」

「なあに？」

「……いえ……なんでもありません。侍女を呼んで参ります」

何か考え込むよう眉を寄せていたルイスだったが、すぐにいつもの無表情になり、部屋を出ていった。

慌てて着替えたのだけれど、部屋を出たときにはすでにルイスの姿はなく、見送りできなかったことをアデルは残念に思った。

五章　新妻

結婚し、ひと月後のことだった。

若い女性がローマイア邸を訪ねてきた。

三歳くらいだろうか。小さな男の子を連れていて、その子はルイスそっくりだった。

あまりの可愛さに正気を失いかけたアデルに、その若い女性は衝撃の告白をする。『この子はあたしとルイスの子どもです。私の夫とこの子の父親、ルイスを返して』と。

ルイスはどうやら魅了の魔法をかけられ、アデルに夢中になっていたらしい。そしてなんやかんやあり、禁じられた魔法を使いルイスを翻弄した罪で、アデルは処刑された。

あるいは——。

ある日、黒髪黒目の愛らしい少女が異世界から召喚される。

ルイスは彼女に一目惚れ。アデルはあっさりと捨てられてしまう。さらに、意気消沈していたところを暴漢に襲われてしまい死亡。憎しみと悲しみの中で儚《はかな》く散ったアデルは、しばらくして目を覚ます。

すると、なんということでしょう。赤子になっていたのだ。

アデルはもう一度、人生をやり直すこととなる。そしてまた――少年のルイスに出会うのだ。

「人生は苦難の連続ね」

庭の木陰の下にあるベンチに座り、本を開いていたアデルは、ぽつりと独り言を漏らす。

「悩み事がおありでしたら、旦那様に相談されては？」

アデルの呟きが聞こえたのだろう。草むしりをしていた侍女、マーサが朗らかな声で言った。

「そうね」

アデルは相づちを打ったが、悩み事の原因はルイスだ。確かに相談すれば解決するけれど、相談しづらいから悩んでいるのだ。

アデルは本をベンチに置いて、立ち上がる。

「お手伝いするわ」

「奥様にそのような真似させられませんわ」

マーサが驚いた顔をする。

奥様というだけでなく、元王女という理由もあるのだろう。

「わたくし、お花が好きなの。自分で植えたり、あと家庭菜園もしてみたいわ」

降嫁したとはいえ、伯爵夫人である。

品位も必要だし、淑女らしくあらねばならない。自由気ままに、冒険者となって旅するなどもってのほかだ。けれど、家の庭で土いじりするくらいなら許されてよいはずである。

「奥様はどのようなお花がお好きですか？」

「そうね……好きなお花はたくさんあるけれど、じゃがいもの花が好きだわ」

「じゃ、じゃがいもですか？」

「ええ。お花が身を寄せ合っているみたいで可愛いわ」

大国での後宮時代、アデルは『菜園会』にも入会していた。

広い庭園でいろいろな野菜を植えて、収穫するのを手伝っていた。

「なら、今度……庭の一角を畑にするよう、庭師に相談してみましょう」

目を丸くしていたマーサだったが、すぐににっこりと笑みを浮かべた。

マーサは初夜前の準備を手伝ってくれていた侍女である。

ローマイア伯爵家は、王家はもちろんのこと、普通の貴族の家と比べても、使用人が少ない。

住み込みで働いているのは、今年で五十歳になるマーサと、彼女の夫でもある家令だけだ。

他の使用人は皆通いだった。

マーサから教えてもらったのだが、ルイスはアデルと結婚するにあたり、通いの使用人を急遽《きゅうきょ》雇ったのだという。

そもそもルイスはここに住んではおらず、家令夫婦が建物の管理をしていた。

ルイスは褒賞として爵位と屋敷を王から賜ったものの、持て余していたらしい。

『このままずっと主《あるじ》のいない屋敷だったら寂しいと案じていましたので、奥様がいらっしゃってくださり本当によかったです』

アデルをローマイア家の救世主だとマーサは言った。

アデルにとって救世主とは、人々を救う神のごとき存在だ。歴史に名を残すようなスゴイことは全くしてはいないのだけれど、嬉しそうにマーサから褒め称《たた》えられ、心がほんわか温かくなる。

（ルイスにとっても救世主……は無理でも、女神……も難しくても……。特別な奥様、新妻になりたいのだけれど）

読書は好きだが、体を動かすのも嫌いではない。

特に思い悩んでいるときは、体を動かし発散すれば心が落ち着く。

アデルはマーサとともに、しばらく草むしりに励んだ。

ひと月というのが長いのか短いのかは、人によるだろうし置かれた環境によっても違うだろう。

大国での八年間は、最初の一年を長く感じた。しかしその後は短かったように思う。

時の流れる速度はいつも同じだというのに不思議だ。

アデルにとってこのひと月は、どちらかというと長かった。

ローマイア伯爵夫人になり忙しくなるかと思っていたけれど、王宮や後宮にいた頃とそう変わりはない。

ルイスは朝方に出かけ、夕方帰ってくる。アデルはその間、読書をしたり、裁縫をしたりして過ごし、その合間にときどき侍女たちとお喋りをした。

アデルはもともと、ゆったりとした性格であった。

暇を持て余すこともあまりなく、いつまでも割とのんびりしていられる。

しかし多くいる側室の一人であった頃ならともかく、今は伯爵家の女主人だ。いつまでも怠惰に過ごすのは、よろしくない気がした。

侍女や家令に任せっきりにせず、少しずつ屋敷内の管理をしていくべきであろう。

ルイスも『負担にならないのであれば、お願いします』と賛成してくれた。

（……それはいい……そのことは解決したし、別によくて……）

——アデルの悩み事は別にあった。

夕方になり、愛しい旦那様であるルイスが屋敷に帰宅した。アデルは彼を出迎える。

帰宅した夫は、まず入浴をする。騎士団で一日働くと汗臭くなるらしい。

結婚生活の初日、恋愛小説で『妻は夫の入浴を手伝うべし』とあったので、アデルも浴室に同行しようとしたのだが、『駄目です』の一点張りで断られた。断られても諦めきれず、ときどき思い出したかのように『汗を流してあげる』と言うのだけれど、いつも『なりません』と返されていた。

泡まみれになったルイスは可愛らしいに違いない。髪を洗ったり、背中をたわしでゴシゴシしたり、入浴しながらいちゃいちゃしたい欲望が消えないので、しつこくこれからも言ってみるつもりでいた。

汗を流しさっぱりしたルイスが戻ってくると、いつものように、一緒に食事を取った。

テーブルで向かい合って。お喋りをする。アデルが話を振ると、ルイスは淡々と、その日起こった出来事を喋る。アデルもまた、他愛のないことを彼に話して聞かせた。

意外にもルイスは好き嫌いが多かった。野菜全般が苦手で、特に人参《にんじん》とトマトが嫌いなようだった。

好きなものはハンバーグや肉のソテーや、ポタージュやら……子どもが好みそうなものが好物だった。

完全無欠な顔をしているくせに、鼻をヒクつかせ、眉間に皺を寄せ、嫌そうに人参を食べる姿が可愛い。食事を全部、人参にしてやりたいくらいだ。可哀想なのでやらないけれど。

「じゃがいもは好きよね。今度、お庭にじゃがいもを植えるわ」

野菜の中では、じゃがいもとかぼちゃは好きらしい。じゃがいもを育てることになったと伝えると、ルイスは僅かに顔を綻《ほころ》ばせた。

ちなみにアデルは好き嫌いがない。後宮にいた頃、一度だけ東洋の珍味だといってネバついた腐臭のするモノを出されたときは、どうしても食することができず拒否したことがあったが、基本的にはなんでも食べる。

とにかく、ひと月経ってもルイスとの時間は尊く特別なものであった。

そして夜は同じベッドで眠る――のだけれど。

「アデル様、おれは仕事がありますので、先に寝ていてください」

「わたくし、待つわ」

「遅くなりますので」

ルイスはそう言ってアデルがベッドに入るのを見届けてから、寝室を出ていく。

起きて彼が来るのを待っていようと思うのだけれど、アデルは寝つきがすこぶるよいので、ブランケットの中にいるとすぐに寝入ってしまった。

「お前……昨夜はどこで寝たの？」

「アデル様の横で眠りました」

朝になり目が覚めたら、ルイスはすでにベッドにはいなかった。

騎士服をきっちり纏って、寝起きのアデルに朝の挨拶をする。

会話こそ少し違えど、似たりよったりの日々をこのひと月、繰り返していた。

そう――アデルが彼と閨をともにしたのは初夜の一夜のみ。あれから口づけは何度もしたが、まぐわってはいないのだ。

三度ほどアデルのほうから誘ってみたのだけれど、『アデル様も慣れない環境でお疲れでしょうし』と上手くかわされてしまった。

ルイスはアデルと交合するまで童貞だった。

いざ体験をすると、想像とは違い、つまらなかったのか。女性の体、いやアデルの体に魅力を感じなかったのかもしれない。けれどそれにしては、アデルに向ける眼差しは、初夜のあとも今も甘やかで優しい。

――なぜ同衾しないのか。

問いただそうとも思ったが、しつこく言って共寝が義務のようになっても困る。

アデルはルイスに性行為を強制したいわけではない。

共寝をしなくとも幸せだったりするので、また今度と思っているうちに、ひと月が過ぎてしまっていた。

◆◇◆

義姉の王妃主催のお茶会に招待されたアデルは、同席した淑女たちと『結婚生活あるある談義』に花を咲かせていた。

おのろけから、夫や姑《しゅうとめ》の愚痴や不満などの体験談を面白おかしく皆に話すのである。

側室時代にもこうした類のお茶会は開催されていたが、皆の夫は同じ人物であったし、妻といえども夫は大国の王で同等の立場にはない。少々の愚痴はともかく、大っぴらに悪口と捉えられかねない話題を口にする者はいなかった。

アデルの義姉、王妃は夫である国王の、頭髪問題を取り上げた。

兄王は最近、東方の国から髪がふさふさに生えてくるという怪しさ満点のオイルを手に入れたらしい。それを毎晩、眠る前にびしゃびしゃと髪、いや頭皮に塗りつけ、鏡の前で時間をかけて指圧をしているそうだ。

鬱陶しいけれど、なんだか可哀想でいじらしく、ときどき私がマッサージしてあげるの——という愚痴からおのろけになるという、高度な体験談を披露して、アデルを含め出席者は皆、さすが王妃殿下と感心した。

次は義姉の隣に座るアデルの番であった。

淑女たちがアデルに期待の籠もった視線を向けてくる。

ルイスと夫婦になってからひと月。喧嘩《けんか》らしい喧嘩は、初夜のときくらいだ。しかしあのときのことは誰にも話したくない。

夫の名誉に関わる話だからなどではなく、あの夜のルイスはいつもより三倍増しくらい可愛かった。あの特別、愛らしかったルイスは誰とも共有したりはせず、アデルの心の中だけで、何度も何度も何度も繰り返し回想して、一人で愛で続けたかった。

姑への不満を口にしたくとも、アデルはルイスの母に会ったことがなかった。

ルイスは家族と上手くいっていないのか、姑は結婚式には呼ばれず、舅《しゅうと》だけが参列していた。

ルイスの父親は、黒髪黒目以外は全くルイスと似ていなかった。

そして、親子だというのに会話もなく、目も合わせていなかった……。

不幸で不遇な過去を持つ者は、恋愛小説のみならず、冒険小説にも登場する。

童貞であったのも、もしかしたら不幸な身の上のせいだったのかもしれない。いろいろ事情を聞いて、彼の心の傷を癒やしたいと思うけれど——人の心にずけずけと入っていくのが、正しいとは思えない。

(マーサがわたくしのことを救世主だと言っていたけれど……童貞でなくなったのなら、過去を乗り越えたことにならないかしら)

心の傷を乗り越え、脱童貞に導いたのだ。救世主的存在だと思ってよい気がする。

「アデル様？」

白いローブを纏った聖女になり、ルイスの股間に手を伸ばす。

そんないかがわしい妄想をしかけていると、正面に座っている淑女が、不審げに声をかけてきて、アデルは我に返った。

「夫への不満……愚痴……ですね」

やはり初夜のとき以降、同衾していないことだろうか。

けれどそれを言ってしまうと、義姉が心配し、兄に伝わる気がした。そして兄が叱責し、ルイスが義務のようにアデルと交合する。

（それは嫌だわ……）

結婚をし、降嫁しても、王族出身であることに変わりはない。

臣下であるルイスが、王命に逆らえるわけがなく――つまりアデルの命令が絶対になるのだ。

夜は『女王様』呼ばわりされるであろう。ルイスはきっと『おれは卑しい豚です』と謙《へりくだ》るに違いない。きっとその先にあるのは『お仕置き』だ。

（大変だわ。鞭《むち》を用意しなくては。でも叩いたりすると可哀想……涙目になって痛いって言われでもしたら）

少しだけど興奮してしまいそうだ。

「新婚ですもの。愚痴や不満など、ないのでしょう」

黙っていると、何も思いつけず困っているのだと思ったのだろう。義姉が取りなしてくれた。

淑女たちが「それもそうですわね」と和やかに言った。

話すことが思い当たらなかったので助かったと安堵していると、斜め横に座っていた妙齢の女性が口を開く。

「でもアデル様。油断は大敵ですわ。今のところローマイア伯爵には女性のお噂はありませんが、あれほどの美形ですもの。しっかり夫の手綱を握っておかないと、どこに敵が潜んでいるかわかりません。結婚は終着点ではないのです。これからが本番。妻の矜持を守るための戦いですわ」

実体験なのだろうか。妙な説得力があり、アデルはその言葉を真摯に受け止めた。


お茶会は正午過ぎに終わった。

アデルはその足で訓練場へと向かう。なぜなら今朝、ルイスに騎士団の模擬試合があると聞いたからだ。

模擬試合は、大国に嫁ぐ前、八年前も半年に一度の頻度で行われていた。

一対一の試合形式で行われ、勝てば昇進の可能性があるので団員も真剣だった。

幼い頃から騎士たちの訓練を眺めるのが好きだったアデルは、この模擬試合の観戦を特別楽しみにしていた。

訓練場に向かうと、普段とは違い人溜まりができていた。

王宮内なので夜会などの公の催しでもない限り、人の出入りは制限される。模擬試合があると知った騎士の身内や、仕事中の侍女たちがこっそりと観に来ているようだ。

ライツヘルドはおおらかな国だったし、騎士たちも観客がいるほうが盛り上がるので、きつく取り締まりはせず、目こぼししていた。

先ほどのお茶会に出席していた淑女たちの姿もある。アデルに気づくと、場所を空け、譲ってくれた。

最初は入団したばかりの騎士見習い同士の戦いであった。

万が一のことがあるので、剣は本物ではなく、棒剣を使う。

ひょろりと背の高い少年と、小柄な少年が棒剣を振り回していた。

アデルは八年前——いやそれ以上前の、出会ったばかりの頃のルイスのことを思い出した。

今戦っている少年たちより、痩せていて背も小さかった。

最初に観た模擬試合のときは、双眸だけは大人びていて好戦的だったけれど、あと一歩というところで惜しくも一回戦で負けてしまった。

二回目に観たときは、一試合目は勝った。けれどトーナメント形式で行われるため、次の相手は最初の相手より強かったのだろう。すぐに負けた。

三回目のときは初戦から強い相手との対戦でこのときもすぐに負け、四回目いや五回目だろうか、決勝戦まで勝ち残ったが惜しくも敗れてしまった。

優勝したのは——アデルが隣国に嫁ぐ少し前のことであった。見習い騎士が優勝するのは異例で、皆驚いていたという。アデルはそのとき、どうしても空けられない公務があり、ルイスの勇姿を観ることができなかった。

後日『おめでとう』と彼を讃《たた》えると、ルイスは眉間に皺を寄せ、『ありがとうございます』と答えた。見習いのくせに勝って当然とでも思っていたのか、あまり嬉しそうにしていなかった。

「ほら、アデル様。ルイス様ですよ」

若者たちの真剣勝負を眺めながら、八年前のことを回想していたアデルは、隣の淑女の言葉に我に返った。

副団長であるルイスは模擬試合には参加していなかった。

試合の合間にある余興的な演習に登場するらしく、騎士団の一人が『副団長による鬼指導演習！』と声を張り上げた。

鬼指導演習。なんて素敵な響きであろう。

闇色の兵士服を纏い、『へっぴり腰のウジ虫ども』とか『軟弱なクソ野郎が』などと嘲笑と罵倒をしながら、若き騎士たちをしごくのだろうか。

期待で胸を膨らませたが、ルイスは兵士服ではなく、いつもの紺色の騎士服を着用していた。これはこれで格好いいので別に問題は何ひとつない。

広場の中央には五人の騎士がいた。比較的大柄な者が二人と、中肉中背の者が三人。年齢は皆ルイスと同じくらいだ。

ルイスが腰に帯刀していた棒剣を構える。

（あれでっ……ビシバシお尻を叩くのね！）

アデルは直立で並んだ五人をひたすらルイスが罵倒する鬼指導を想像していたのだが、実際は違った。

五人が同時にルイスに襲いかかる。

ルイスはひょいひょいと軽やかに、彼らの振り回す棒剣をかわし、自身が手にしている棒剣でそれを振り払う。よろついたところを足払いすると、騎士の一人が地面に転がった。

（あんなに身軽なのに、ダンスが下手なのはどうしてなのかしら……）

軽やかに舞いながら、ルイスは次々と男たちを地面に倒していった。

そして広場に立っているのがルイスだけになり、観衆が拍手をした。

見蕩れていたアデルも慌てて拍手をする。

「もっと訓練するように。お前たちは明日から居残り特訓だ」

ルイスが低い声で言うと、よろよろと起き上がった五人が「はい」と威勢よく返事をする。声は元気であったが、表情は暗く、青ざめていた。

嘲笑や罵倒を繰り返す鬼指導的な姿は見られなかったけれど、五人相手に汗ひとつ流さず、無表情のままのルイスも惚れ惚れするほど素敵であった。

「本当、格好いいですねえ、ローマイア伯爵」

「素敵」

アデルの心の声が、他の淑女の口からも発せられた。

夫を褒められると嫉妬心を抱くかとも思ったが、悪い気はしなかった。むしろ優越感のような感情を抱いた。

ニヤつきながらルイスを観ていると、彼の黒曜石の双眸がちらりとアデルを見る。

アデルは降嫁する前、見習い騎士のルイスにしていたときのように、ひらひらと掌を振った。

あの頃は眉を顰めるだけだったが、夫になったからであろう。僅かに唇を緩ませ、会釈をした。

「アデル様が羨ましいわ」

その様子を見ていた淑女が、うっとりとした眼差しで言う。

彼女の気持ちはよくわかる。もし自分がアデルでなかったら、間違いなく『アデル様』を羨ましがっていたことだろう。

――もしアデルが二人いたら……。

たとえば、過去の自分が現代にやって来たとしたら、ルイスは初恋の少女ではなく、今のアデルを選んでくれるだろうか。などと想像し不安になった。

「ローマイア伯爵を狙っている淑女はたくさんいたのですが、いつも素っ気なくされていて。女性に冷たいことから、男色なのではという噂が立ったことも」

不安になっていると隣にいた淑女が新たな情報をアデルにもたらした。

「……まあ。そんなことが」

それは聞き捨てならない。

「ローマイア伯爵にふられた淑女が流したのでしょうけれど、騎士団長が未婚なのもあって、お二人が実はただならぬ仲ではないかと噂されたこともあります」

「まあ！　そんなことが！」

「そんな不謹慎な噂話をアデル様にお聞かせするなんて、失礼ですよ」

アデルは目を輝かせていたのだが、別の淑女から窘める声が上がった。

「失礼いたしました。申し訳ありません、アデル様」

根掘り葉掘り詳しく聞いてみたかったのだけれど、丁寧な謝罪をされ、もっと聞かせて欲しいとは言えなくなる。

「いえ、気にしていませんので。お気になさらないで」

ものすごく気になっていたが、アデルは笑顔でそう言った。

「いろいろな噂がありましたが……ローマイア伯爵が他のご令嬢に見向きもしなかったのは、アデル様を一途《いちず》に想い続けていたからなのですね」

婚約発表の夜会での一件で、二人の結婚は身分違いの悲恋からの初恋成就だと、社交界に広まっていた。

ルイスのいろいろな噂に興味はある。

けれど自分との話が、もっとも胸に響く感動的な話であることは間違いないであろう。

このときのアデルは、そう確信していた――。


模擬試合を最後まで観戦したアデルは、王妃の自室を訪れた。

義姉とお喋りしながら、甥と姪と遊ぶ。そうしていると、しばらくして帰り支度をしたルイスがアデルを迎えに来た。

「ルイス。頼まれていたものが用意できそうです。そのことで話があるので、また寄ってください」

帰り際、義姉が言う。ルイスは「はい」と無表情で答えたのだが、なんとなく動揺しているように感じた。

「お義姉様に、何かを頼んだの？」

義姉の部屋を出てから、アデルは訊ねた。

「アデル様が気にかけるようなことではありません」

政治的な、あるいは兄王に必要な何かだろうか。少し不審に思ったけれど、問いただすほどのことでもなかろうと、追及はしなかった。

ルイスは王宮の馬車を借りようとしていたが、アデルは反対する。

ローマイヤ邸まではそう遠くなく、彼も王宮までいつも徒歩で通っている。

歩いて帰ることのできる距離だったし、ライツヘルドに帰国して結婚をするまで、あっという間で、アデルはルイスと恋人らしいことを何もしていなかった。

「夕暮れの街をお前と、恋人みたいに手を繋いで歩きたいの」

アデルがお願いすると、ルイスは一瞬息を詰まらせた。

「嫌？」

「嫌ではありません」

視線を揺らしたあと、手を差し出してくる。

王宮の門を出て、王都の石畳の道を並んで歩く。

「今日のお前、とっても格好よかったわ」

「ありがとうございます」

「昔のお前も強かったけれど……今はもっと強くなったわ」

五人を相手にしても余裕綽々《しゃくしゃく》だった姿を思い出す。

「誰よりも強く、ライツヘルドで一番の剣士になろうと……訓練をしましたから。立派な騎士になれたかはわかりませんが、今なら団長が相手でも負けません」

「まあ、すごいわ。よく頑張ったのね」

あの雄々しい熊のような騎士団長と争っても勝てるなんて、さすがルイスである。

感嘆すると、アデルの手を握っている指に力が籠もった。

見上げて、彼の顔を窺う。真っ直ぐ前を向いたルイスの頬が、夕陽《ゆうひ》のせいかもしれないが、赤く染まっているように見えた。

ルイスの手は温かく、夕暮れの王都の街並みは美しい。

少女の頃、こんな状況を想像したことがあった。

けれど妄想の中の夢物語で、現実にルイスと手を繋いで街を歩ける日が来るなんて、思いもしなかった。

胸の奥がほんわかと優しい気持ちで満たされる。

(わたくし、きっとライツヘルドで一番、幸せな新妻だわ)

初夜以降、同衾していないと悩んでいたのが、些細でつまらないことに思えた。

六章　不義

アデルは兄王に許しを得ていたので、お茶会や夜会などの行事に招待されていないときでも、頻繁に王宮に出入りしていた。

その日、朝食をすませたアデルは、義姉に借りていた本を返すため、王宮へ行くことにする。

王都の治安はよかったが、念のため、移動は馬車を使っていた。家令に馬車を出してくれるよう頼み、のんびり準備をしてローマイア伯爵邸を出る頃には、正午近くになっていた。

王宮に到着したアデルは、馬車を降り、書庫へと足を向けた。

義姉は昼前のひとときは、公務など特別なことがない限り、王宮内にある書庫で読書をしていた。

回廊を歩いていたアデルは、懐かしい喧噪《けんそう》が聞こえてきて足を止める。

広場で騎士たちが訓練していた。かけ声やら、笑い声、叱責のような声がしている。

先日観た模擬試合のときのような張り詰めた空気はない。見慣れた伸びやかな光景に微笑ましくなった。

八年前、訓練される側にいたルイスは、今は彼らを指導する立場にある。アデルは鬼指導をする副団長の姿を探すが、残念ながら見当たらない。

帰りにもう一度探すことにして、再び歩き出した。

話し声が聞こえたのは、書庫の大きな扉に着く前だ。

半分扉の開いた物置部屋から、聞き慣れた声がした。

「副作用はないのですね」

「ないわ。安心して使ってちょうだい」

ルイスと、義姉の声がする。

兄に言付けでも頼まれたのだろうか。アデルは二人に声をかけようとした。

「アデルにはきちんと話したほうがよいわ。あなたが話しづらいと言うならば、私から話しましょう」

義姉の口から自分の名前が出てきて、彼らを呼ぼうと開いていた口を閉じる。

「アデル様には……言うつもりはありません」

「……ルイス」

義姉が溜め息を吐きながらアデルの夫の名を呼ぶ。なんだかその声音が、ひどく艶めかしく聞こえた。

「あの方を、傷つけたくはないのです」

「あなたはアデルに気を遣いすぎているわ。あの子はあなたが思っているほど、弱くはないし、可哀想な子ではないのよ」

「……わかっています。しかし、知らなくてすむのならば、そのほうがよいのでは」

「けれど、ルイス……」

義姉がルイスに何かを言いかけたとき、書庫のほうから、義姉の侍女だろう。「王妃殿下」と呼ぶ声がした。

侍女がこちらにやって来る気配を感じて、アデルは慌てて踵《きびす》を返した。

そそくさと回廊へと戻り、小走りに馬車へと向かった。

「アデル様？」

降りたばかりだというのに、すぐに戻ってきたアデルを見て、御者が怪訝《けげん》そうな顔をする。

「お腹が痛くなったから帰ります」

「腹痛ですか？　王宮で侍医に診《み》てもらったほうがよろしいのでは」

「朝、食べすぎただけなので休めば平気です。屋敷に戻りましょう」

「はあ」

アデルは心配する御者に、大丈夫と言い張り、馬車に乗り込んだ。

体調の悪いアデルを思いやってだろう。馬車がいつもよりゆっくりとした速度で走り出した。

（見てはいけない……聞いてはいけないことを、聞いてしまったわ……）

あれは……不義の現場であった。間違いない。

義姉とルイスは恋人関係――いや、愛人関係にあったのだ。

『油断は大敵ですわ。今のところローマイア伯爵には女性のお噂はありませんが、あれほどの美形ですもの。しっかり夫の手綱を握っておかないと、どこに敵が潜んでいるかわかりません』

アデルは先日のお茶会での忠告を思い出す。

(こんな身近に潜んでいたなんて……お義姉様が敵だった……)

衝撃の事実に、アデルは身を震わせる。

(だとしたら……お義姉様との関係をごまかすために、ルイスはわたくしと結婚したのかしら)

『いろいろな噂がありましたが……ローマイア伯爵が他のご令嬢に見向きもしなかったのは、アデル様を一途に想い続けていたからなのですね』

模擬試合の観戦中に聞かされた言葉も思い出した。『いろいろな噂』それは、もしかしたら、騎士団長とのいかがわしい男色の噂以外にもあったのではなかろうか。

(たとえば、王妃殿下に叶わぬ恋をしているとか)

自分との話がもっとも感動的で胸に響く気がしていたけれど、同じ人妻でも、隣国の側室を想うより自国の正妃を恋い慕うほうが、禁忌感が増す。なにせ頻繁に顔を合わすうえに、恋敵は主なのだ。

国を揺るがす大恋愛の香りがプンプンしている。

(主の妻に手を出すなんて……っ)

いや、ルイスは紛うことなき童貞だったので、義姉にまだ手は出していないはずだ。

もしかしたら――あそこで初めての睦み合いをするつもりだったのかもしれない。埃っぽく狭い場所だが、ああいう場所だからこそ、余計に燃え上がったりもするのだろう。

けれど侍女が呼びに来たから、今日は『お預け』になったはずだ。

（お義姉様が浮気をしていると……お兄様は知っているのかしら）

兄は王としてはしっかりしているが、兄夫婦の会話などを聞いていると、力関係は義姉が上で、尻に敷かれている感じがした。

『あなたはアデルに気を遣いすぎているわ。あの子はあなたが思っているほど、弱くはないし、可哀想な子ではないのよ』

聞いたばかりの義姉の言葉は、いったいどういう意味なのか。

確かにアデルは弱くも可哀想でもないが……ルイスに同情するなと言いたいのだろうか。

（同情がいずれ愛情に変わるのを怖れていらっしゃるのかしら……）

結婚は終着点ではない。妻の矜持を守るために戦わなくては。それがたとえ信頼していた義姉であろうとも。そう己を奮い立たせようとするが、義姉に敵意を抱くことができない。

義姉はライツヘルドの有力貴族のご令嬢だった。幼い頃から兄の婚約者で、王妃になるべく教育を受けてきた才女である。

アデルも小さな頃から彼女のことを知っていた。

実姉たちとも親しくて……兄の婚約者というよりアデルにとっては姉が三人いるような感覚だった。

優しいけれど厳しい面もあり、凛《りん》とした美しい女性だ。そして、恋愛小説が好きで、無邪気な少女っぽいところもある。

とてもじゃないが、アデルや兄を裏切る女性には思えなかった。

(もしかして……恋愛小説が好きすぎて、危険な恋をしたくなったのかしら……)

しかしその危険な恋は、身を滅ぼすだろう。

義姉は処刑。ルイスも処刑。生まれ変わった世界で再び巡り会い、愛し合うことを約束して、死んでいくのだ。ずるい。

残された兄は僅かに残っていた頭髪がすべて抜け落ちるに違いない。そして恋に破れたアデルは修道女になる。悲しい。

屋敷に戻ったアデルは心配するマーサに適当な理由を言い、自室に戻った。

自室のベッドは天蓋付きではあるものの、主寝室のベッドより狭い。

アデルは着替えもせず、ベッドに横たわった。

お腹が痛いのは仮病だったはずなのに、本当にお腹がじくじく痛み始めた。それどころか胸まで痛い。気分も最悪である。

(これは……嫉妬ね。嫉妬で死んでしまいそう……)

先日、模擬試合のあと、手を繋いで街を歩いた。屋敷に着いたけれど手を離すのが名残惜しくて、それをルイスに言うと、彼は『おれもです』と答えた。

幸せだった。

満たされていたから、同衾せずとも構わないと思ったのに。

(お義姉様がいらっしゃるから、わたくしと閨をともにしなかったのだわ)

ルイスにとって自分との結婚は偽装だった——あるいは、もしかしたら義姉への当てつけだったのか。よくわからないが、義務として仕方なく初夜に挑んだのだろう。

(そういえば、模擬試合の日……ルイスは何かをお義姉様に頼んでいた……)

義姉は頼まれていたものが用意できると言っていた。

ルイスを愛する覚悟がようやくできた。そういうことなのだろうか。

考えてもわからず、頭まで痛くなってくる。

アデルは現実逃避するために、少しだけ仮眠することにした。

このベッドで寝るのは初めてだった。お昼寝のときも、アデルは主寝室を使用していた。

けれど今は……ルイスの裏切りを知った今は、甘く特別な思い出のあるベッドを使いたくなかった。

◆◇◆

「アデル。これ以上、二人を庇うことはできぬ。午後から広場にて二人の公開処刑を行う」

二人とも、なんてうかつなのだろう。

義姉とルイスの不義が、兄王に知られてしまった。

非情な顔と声音で兄王に告げられ、アデルは狼狽《ろうばい》した。

「ま、待ってください。お兄様。誤解をしているのです。間違いなのです」

「ならば……一度だけ。間違いだとルイス・ローマイアが認めたら、私は寛大な心ですべてを赦そう。慈悲深い兄に感謝するのだ」

「感謝いたします。お兄様」

アデルは兄王に頭を下げた。

ルイスは地下牢にいるという。

ライツヘルドの王宮の地下深くには、大罪人が幾人も捕らえられていた。

ルイスは鉄格子の向こう、薄暗くネズミの這《は》っている汚らしい場所にいた。ちなみに義姉は別の場所に捕らわれているらしい。

「アデル様……」

ルイスは天井からぶら下がっている鎖に繋がれていた。両手をひとつに括られて、立っている。

汚らしい場所にいるというのに、ルイスはなぜか清潔で、凛々《りり》しくて、相変わらず素敵だった。

「ルイス……どうか、わたくしを愛していると。お義姉様への愛は偽りであったと、お兄様に言うのです……そうしたら、あなたの命は救われます」

「無理です。私は王妃殿下を愛している。この身が滅びても偽りを口にすることはできない」

「処刑されてもいいというの?」

「はい。私は愛に殉じます」

なんと高潔な愛のかたちだろう。アデルは羨ましくなる。同時に彼の心の中に自分がかけらもいないことに、寂しくなった。

「現世で悲恋に終わったとしても。あなたたちの愛は、来世で叶う……または、異世界で。転生して、お義姉様と巡り会って、幸せになるのね」

処刑されたとしても、二人の愛は永遠なのだ。

どうせならその世界にアデルも転生したい。ルイスの幸せな姿が見たい。決して邪魔などしない。ひっそりと、ただ見ているだけでいい。そう思い口にしたのだが――。

「いいえ、アデル様。来世も、異世界も転生もありません。死ねばそれで終わりです」

ルイスはやけに真剣な顔をして、言った。

「そんなことはないわ！　悲恋で終わった恋は、次の世で叶うのよ！」

悲しいだけの恋物語など、読みたくはない。砂糖菓子のように甘い、恋物語を読みたいのだ。

「わかったわ！　やり直すのね。きっと死んで、次に目が覚めたら、三歳児よ！　大丈夫、わたくしもやり直して、お前とお義姉様の恋を応援するわ！」

ごめんなさいお兄様、と心の中で謝罪しながらアデルは言った。

けれど彼はゆっくりと首を横に振った。

「アデル様……ここは物語の世界ではないのです。死ねば、体も魂も消え去る。続きなどなく、そこで終わりです」

愕然とするアデルに、彼は儚く微笑んだ。

「どうかお元気で、アデル様」

そして場面が切り替わる。処刑台だ。

（嫌だ、続きは見たくない。どうか、どうか――）

仮眠のつもりだったけれど、熟睡してしまっていたようだ。

アデルはノックの音で目を覚ます。あたりはすっかり薄暗くなっていた。

「アデル様、入ります」

アデルが返事をするより先に、扉が開いた。

「昼食も取らずに、部屋に籠もられたと聞きました。御者は腹痛だと言っていましたが……具合が悪いのですか」

手にしていた燭台を棚の上に置き、背の高い男がベッドへ近づいてくる。

アデルを見下ろす顔には、焦りのような感情が浮かんでいた。

心配していたから、アデルの返事を待たずに入ってきたのだろう。

「平気よ。気圧のせいね」

「気圧？」

「天気が悪いと頭が痛くなるでしょう？　それと同じです」

以前、本で読んだ知識を、アデルは適当に口にした。

「今日は……快晴でしたが」

けれどアデルの心は曇り空だったのだ。いや、どしゃぶりだった。

そして悪夢を見たせいで、今の心は大嵐である。

「念のため、医師のところに行きましょう。王宮に行けば、すぐに侍医が診てくれます」

「ルイス」

アデルは寝起きで重い体を起こし、ベッドの傍に立っているルイスの腕に縋りついた。

「アデル様。どうしたのです？　大丈夫ですか」

心配げに見つめてくる黒い瞳には、アデルが映っている。

「大丈夫ではないわ。お前が好きなの」

アデルは彼の背に手を回し、強く自身のほうへと引き寄せた。

身構えていなかったからであろう、ルイスが体勢を崩し、ベッドに手をつく。

「ルイス。ルイス」

アデルは彼の名を呼びながら、子猫のように彼の胸に顔を擦りつけた。

「ア、アデル様……どうしたのです」

「どこにも行かないで」

「……怖い夢でも見たのですか？」

浮気していたっていい。義姉が好きでも、他の誰かを愛していてもいい。自分のことなどちっとも好きでなくたっていいから、死なないで欲しい。

「わたくしだけで満足して欲しいの」

もしも夢のように、義姉と恋仲なのが皆にバレてしまったら。

義姉を好きでもよい。けれど、義姉を好きなせいで、ルイスは処刑されてしまう。それが怖くて嫌だった。

――よくよく考えてみれば、ライツヘルドの法ではよほどの悪人でないと処刑はされない。よほどの悪人、と判断されるのは殺人だ。不倫が発覚しても、社交界で悪い噂が広がり、評判が地に落ちたとしても、処刑されることはないだろう。

万が一、ルイスが思いあまって兄王を殺害したら重罪として処刑されるのは間違いないが、公開処刑のような残虐な見世物も行われない。

頭の奥では冷静な自分もいたけれど、悪夢の名残がアデルを怯えさせ、嵐のように感情を荒れさせていた。

なんとしてでもルイスを救わなければ、という思いが押し寄せてくる。

(わたくしのことを好きになれば、死んだりはしないのに)

義姉のように頭もよくないし、美人でもない。しっかりもしていない。

今から頑張っても、顔や性格は変わらないけれど。

「わたくしのことを好きになって」

「何を仰っているのです。おれは何度も、あなたをお慕いしていると言ったはずです」

アデルが切実な願いを口にすると、少しだけ怒ったふうにルイスが言う。

「ルイス」

アデルは彼を見上げ、目を閉じた。

小さく息を呑《の》む音がして、柔らかなものが唇に触れる。

すぐに離れてしまう気配に、アデルは彼の顔を自身の両手で挟んだ。

唇を押しつけるようにしていると、互いの口が僅かに開いていたせいだろう。唇とは違う、熱くてぬるついたものが触れ合った。

甘美な悦びが、舌先からじんわりと広がっていく。

アデルはもっと、というように舌を伸ばし、ルイスの舌を探った。

「んっ……」

ルイスの舌先がおずおずとアデルの舌に触れてくる。

（気持ちいい……）

ちゅくちゅく、と彼の舌と自身の舌が絡み合っている。淫靡な感覚に、頭の奥がじんと痺れた。

どれくらい、口づけをしていたのか。

ルイスの唇が離れる。アデルが目を開くと、すぐそこにある彼の唇が濡れていた。唇だけでなく、黒い瞳も潤んでいた。

情欲に染まったルイスの顔に、アデルの胸が高鳴る。込み上げてくる感情のままに、ルイスの首に手を回した。

「アデル様……だ、駄目です」

「ダメなの？」

自分では駄目なのか。夫婦なのに。別の誰かとしたいというのか。

「今、帰ってきたばかりなのです。体を洗ってくるので……」

そういえば——浮気男は他の女の匂いを消すために、必ず妻に会う前に入浴する、というお話を読んだことがあった。

ルイスも他の女……義姉の匂いを消したいのだろうか。

アデルは彼の首元に鼻をやり、すんすんと嗅いだ。

少々汗臭く、土埃のような匂いはしたが……香水や化粧の匂いはしなかった。

「大丈夫よ、お前の匂いしかしないわ」

アデルが彼の耳元で囁くように言うと、ルイスの腕が強くアデルの背を引き寄せた。

「具合が……悪いわけではないのですね」

「ええ。してくれるの？」

「……させてください」

ルイスはそう言い、アデルを優しくベッドに押し倒したのだが――。

アデルは着替えをせず、普段着のドレスのまま眠ってしまっていた。ルイスはきっちり着込んだドレスの脱がせ方がわからないらしく、躊躇いがちに指を這わせては止めるを繰り返す。

「自分で脱ぐわ」

「……すみません」

ルイスは謝るけれど、アデルは彼の不慣れなところも愛おしい。アデル自身は再婚のため、初々しい姿を彼に見せることができないのが、少しだけ寂しいけれど。

「目を瞑っていて」

脱いでいるのを見られるのは、なんだか恥ずかしい。

「……わかりました。脱いだら……声をおかけください」

アデルは手早くボタンを外し、ドレスを脱ぐ。逸《はや》る気持ちで、下着も脱いだ。

「脱いだわ……お前も……いいえ、お前はわたくしが脱がせてあげるわ」

「……自分でします」

「脱がせたいの」

制止しようとするルイスの指を払いのけ、騎士服のボタンをアデルはひとつずつ外していく。

上着の下は白いシャツを着ていた。

シャツのボタンも外し、引き締まった胸を露わにさせる。ドキドキしながら、下も脱がせようと目をやると、股間の部分が膨らんでいるように見えた。

アデルはそっとそこに掌をあてがった。

「っ……駄目です」

ルイスに腕を摑まれる。

一瞬触れたそこは、布地の上からでもわかるくらい硬くなっていた。

「触りたいわ」

ルイスを気持ちよくさせてあげたい。気持ちよくさせて、自分の虜《とりこ》にさせたい。

「駄目です」

ルイスはそう言うと、アデルの唇を唇で塞ぐ。

先ほどの深い口づけを思い出し、舌を出すと、唇ごと、ぢゅっと吸われた。

「ん……っ」

口づけをしながら、ルイスの手が胸の膨らみを弄ってくる。

ルイスの硬い手に、すでに痛いくらいに尖った胸の先端が触れ、じんと甘やかな刺激が走った。

「胸……小さくて、ごめんなさい」

義姉の胸はドレスの上からでもわかるくらい豊かだった。

「どうして謝るのです？　そういえば、前のときも胸のことを仰っていましたね……気にしておられるのですか？」

「気にはしていないわ。ただ、お前は大きいほうがよいでしょう？」

胸が小さいからといって、日常生活で困ることは何ひとつない。むしろ大きいほうが、邪魔だし重いはずだ。ただルイス好みでないのが、残念なだけである。

「大きい胸が好きなわけではありません」

「小さいのが好きなの？」

「胸の大きさは関係ありません。アデル様が好きなのです」

「でも……」

胸にこだわりがないのだろうか。アデルが思案していると、

「アデル様はもし、おれの背が低いままで……あなたより身長が低かったら、おれとの結婚を断っていましたか？」

と問われた。

「わたくし、小さいお前も好きよ！」

今のルイスは好きだ。けれど少年の頃の、背の低いルイスも大好きだった。

「それと同じことです」

それと同じこと――と言われ、アデルはそっと彼の下半身に目をやった。

「確かにそうね。お前の性器が小さかろうが大きかろうが、関係がないもの……肉棒が好きなのではなく、お前の肉棒が好き！　そういうことね」

身長の話はいまいちピンとこなかったが、男性器と胸を置きかえるとルイスの言わんとしていることが理解できた。

「……っ」

ルイスが俯いてしまう。

「違うの？」

「違いませんが……そういうことを言っては駄目です」

「そういうこと？　……あっ」

ルイスが指先で胸の中心にある硬くなった尖りに触れた。親指の腹で擽《くすぐ》るように擦られると、むずむずとした悦びが広がっていく。

お腹の下が甘やかな熱を帯びた。

「胸をね……揉んでたら、大きくなるそうよ」

焦れったいような悦楽をごまかしたくて、昔読んだ本の知識をルイスに教える。

本にはそう書いてあったが、本当のことなのかはわからない。

後宮にいた頃、側室仲間たちは、揉むよりも胸筋体操をしたほうがかたちのよい乳房を保てる、と言っていた。アデルの胸は小さいので垂れる心配はなかったけれど、皆に誘われて体操はしていた。……かたちも大きさもあまり変わらなかったけれど。

「大きくしたいのであれば……おれが、お手伝いします」

ルイスはそう言い、乳房に優しく掌を這わせる。揉みしだくほど大きくないので、さわさわと撫でているだけである。

揉みがいがないからなのか、少しして胸元にルイスが顔を寄せた。乳房に何度か口づけをしたあと、先端をぱくりと咥《くわ》える。

「あっ……ん」

揉むのではなかったのか、と思ったら、ルイスは先端を舐めながら、すりすりと乳房を撫で始める。口にしていないほうの乳房も、もう片方の掌で撫で回した。

ルイスはアデルの小さな乳首をちゅくちゅくと乳飲み子のように吸う。

あまり吸われると乳房の前に乳首が大きくなってしまいそうだ。

(でも……気持ちいい……)

アデルが彼の黒髪を指で梳《す》きながら、穏やかな快楽に身を委ねていると、しばらくして胸を愛撫していた掌が、脇腹を辿《たど》り、腰へと下りていった。

「ルイス……」

掠れた声で彼を呼ぶ。ルイスは胸から顔を上げ、アデルに唇を寄せてくる。

腰を撫でられながら、濃厚な口づけを交わす。そうしていると、だんだん焦れったくなってきて、欲望のままにアデルは尻を浮かせた。

「ふっ……」

じくじくとした足の間の疼きを癒やしたくて、アデルは彼の足へ、そこを押しつける。押しつけてから――ルイスが下を脱いでいないことを思い出した。

「ごめんなさい……汚してしまったわ」

ルイスの騎士服に、濡れそぼったはしたない場処を擦りつけてしまった。

「……替えがあるので、大丈夫です」

「あっ」

ルイスがぐいっとアデルの足の間に膝を入れた。火照ったそこが、与えられた刺激にぐずぐずに蕩ける。

「だめ……ルイス……んんっ」

「アデル様……」

逃げようとする腰を掴まれ、ぐりぐりとさらに押しつけられる。

「ルイス……だめっ、あっ……ふっ」

ビクンとお尻が震える。

大して愛撫されたわけでもないのに、アデルは達してしまっていた。

蕩けたそこが達すると同時に新たな蜜を零す感覚があった。ルイスの騎士服に染みができてしまうくらい濡らしてしまったはずだ。

「だめって言ったのに……」

いくら替えがあるといっても、恥ずかしいのは変わりない。彼の肩に額を寄せ、小さな声で文句を言った。

「申し訳ありません」

ルイスがアデルの髪を撫で、謝ってくる。

心地よくて、アデルは目を閉じた。

「……アデル様？」

ルイスの声が聞こえた気がしたが……アデルはそのまま、眠ってしまっていた。

◆◇◆

「一生の不覚というのは、こういうことを言うのね……」

目を覚ますとすでに、ルイスの姿はなかった。

裸ではなかった。ルイスがナイトドレスに着替えさせてくれたらしい。

(昼寝をしたのに、また寝てしまうなんて)

達して心地がよかったとはいえ、眠りすぎである。悪夢どころか夢も見ずぐっすりだった。そのため、頭はすっきりしているけれど。

あたりは真っ暗なので、朝ではない。

このまま眠るか、それとも一度起きるべきか。考えていると、お腹がぐうっと鳴った。

そういえば、昼間から何も食べていなかった。

こんな時間に、マーサを起こして食事の準備をしてもらうのは申し訳ない。空腹を我慢し、寝るしかないだろう。

ぐうぐう鳴るお腹を押さえながら、目を閉じ、うつらうつらしていると、しばらくして扉が開く音がした。

燭台を棚の上に置き、何者かがベッドに近づいてくる。

寝込みを襲う暴漢——ではなく、アデルの旦那様だった。

「起きていたのですか」

「先ほど、起きたところです」

「大丈夫ですか？　あまりによく眠っておられるので、心配しました」

ルイスがベッドに腰かけ、アデルの頬に手を当てた。

「ぐっすり眠って、元気になったわ。……起こしてくれてよかったのに」

性行為の最中に眠るなんて、とアデルが横たわったまま、ルイスを恨みがましく見上げると、彼は唇を緩めた。

「気持ちよさそうに眠っておられたので」

「でも……」

せっかく久しぶりに同衾できるはずだったのに。もったいなく、悔しいような気持ちになる。

今からでも続きを、と言おうとしたのだが、先にお腹が鳴ってしまった。

「……夕食を取り置いてもらっているので、持ってきます」

「食べに行くわ」

「マーサたちは眠っていますから。こちらで」

ルイスはそう言うと、一度部屋を出ていった。

「遅くなってすみません」

しばらくして、トレーを手にして戻ってくる。

ルイスはすでに夕食を取ったらしく、自室にあるテーブルでアデルは一人寂しく食事をする。一人といっても、ルイスが正面に座り、アデルの食べている姿を眺めているのだけれど。

パンに、野菜がたっぷり入ったスープ。主菜はローストビーフで副菜は人参のグラッセだった。

「一人で食べるから平気よ」

「いえ、ご一緒させてください」

食事する姿を見つめられるのは落ち着かないが、一緒にいられるのは嬉しい。

「でも、お前は退屈でしょう?」

「あなたが傍にいるのです。退屈などとはかけらも思いません」

いつもは酸っぱいレモンのようなのに、時折砂糖のように甘いことを言う。

（砂糖漬けされたレモンだわ）

などと思いながら、ルイスが温め直してくれたのであろう食事を口に運んだ。

いつも以上に美味しく感じるのは、空腹のせいか、それともこの二人だけの空間のせいか。

「今度、お前にお夜食を持っていくわ」

こういうのは本来は妻の役目ではなかろうか。そう思って口にしたのだけれど、

「おれは夕食後は何も食べないようにしているので、平気です」

と、体つきを気にする若い令嬢のようなことを言った。

（苦くて酸っぱいレモンだわ。砂糖をまぶしてやりたい）

ルイスが砂糖まみれになるのを想像しながら、食事を終える。

「それから……アデル様、食後にこれを」

テーブルの隅に置かれていたグラスを、目の前に差し出される。

「わたくしが？　飲むの？」

てっきりルイスが自分用に持ってきたのだと思っていたので驚く。

濃厚な赤ワインのように見える。——色は深緑だったけれども。

「薬草をすり下ろし、煮込んだものです。滋養になります」

すごく不味《まず》そうである。

「わたくし、体調、悪くはないし、元気よ」

「これを飲むと今より元気になるのです。どうか、アデル様」

ルイスの眼差しが、なぜか必死だ。

アデルにこの深緑ワインをどうしても飲ませたい理由があるのだろう。

アデルは覚悟を決めた。

「お前がどうしても、というならば飲みましょう。たとえそれが毒であったとしても」

「毒ではありません。薬草です」

ルイスがすぐに否定するのと、アデルがグラスを手にし、口元で傾けるのが同時だった。

濃厚な草の香りのあと、苦みが広がっていく。

（なんという！　不味さ！）

少量なのもあって、吐き出さず飲み込みはしたが、後味が悪すぎる。

「ルイス……口の中が！　死にそうです」

アデルがしかめっ面で文句を言うと、ルイスが椅子から立ち上がり、近づいてくる。

苦しんでいる姿を間近に見たいのか。それともやはり自らの手で息の根を止めたいのか。などと思っていると、腰を屈めたルイスの顔が近づいてきた。

（ああ……最期の口づけだわ……死を間近にしているというのに……わたくし、幸せだわ）

口の中の苦みがなくなるまで、ルイスは唇を離さず、アデルの舌を舐めた。

「苦いですね……次からは飴玉を用意します」

口づけのあと、ルイスが言う。

次、次があるというのか……と、口づけで蕩けた頭で思う。

「飴玉よりも、口づけのほうがいいわ」

素直な欲求を口にすると、ルイスは困ったように眉を寄せ、頬を染めた。

ルイスが食器やグラスをトレーの上に重ね、テーブルを片付け始めた。

アデルはそれをぼんやり眺めながら、なぜ自分が毒殺されるのか考える。

義姉と再婚するのに、現妻が邪魔になったのか。

きっとこの毒が理由で死に至っても、心臓発作の症状と変わらず、病気として処理されるのであろう。

(でもルイス……わたくしを殺しても、お義姉様とは結婚できないわ……だってお義姉様は王妃。お兄様と結婚しているのですもの)

いや……義姉とのことすら偽りで。本当の目的はやはりアデルにあったのかもしれない。

ルイスは他国の暗殺者なのだ。アデルを殺すため、名を騙《かた》りライツヘイドに潜入し、結婚したのだ。

——そうまでして殺したいアデルはいったい何者なのか……。

アデルの産んだ子はいずれ、破壊神、あるいは魔王になるのだ。予言でそれを知った他国の王が、子を産む前に、アデルの殺害を計画した。

「アデル様は寝ていてください。おれは片付けをすませてから、寝ますので」

「ここで、寝たほうがいいの?」

「……あなたがよければ……主寝室で寝ていてください」

滅多に眠ることのない自室で寝ていたら、マーサがアデルの死を怪しむかもしれない。

いつも通り、主寝室で眠ったほうがよいだろう。

ルイスが部屋から出ていくと、アデルは自室から主寝室へ移動する。そして寝慣れたベッドに横になった。

ルイスとの新婚生活をゆるゆると回想していく。

最期の性交はきちんとしたかった。どうして眠ってしまったのだろうと後悔するけれど時間は巻き戻せない。

(起きて待っていたら、してくれるかしら)

死を間近に控えた女とは、性交したくないと拒否するかもしれない。

そんなことを考え、涙ぐみながらブランケットに包まれていると、眠気が襲ってくる。

深緑の毒薬には睡眠作用があったのか、単にお腹がいっぱいになって、眠たくなったのか。

どちらなのかはわからないけれど、アデルが次に目を開けると、部屋には朝陽《あさひ》が差し込んでいた。

七章　夫婦

初めて毒を飲んでから、十日が過ぎていた。

遅効性の毒物だったのか、アデルは未だに死に至っていない。

アデルは毎日、三度。食後にあの深緑の毒薬を飲んでいた。侍女たちに頼んでいるのか、彼がいないときも食事のあとは必ず、毒薬が用意された。

最初の頃は飲み終わったらすぐ飴玉を口にしていたのだが、あの独特な草の味にも慣れてきたので、今は飴玉がなくても平気だ。

けれど、ルイスがいるときは、不味がっている演技をした。そうすれば口づけしてくれるからである。

「本当に滋養のある薬草なのかしら……」

あの毒薬を飲み始めて目眩《めまい》が起こるようになったり、頭痛がし、体が怠《だる》くなったり——などということは全くなく、アデルはいたって健康だった。

むしろ以前より眠りが深くなって、体がシャキッとしている気がする。

「アデル様？　どうかされましたか？」

花壇に水をやっている手を止め、独り言を零したアデルをマーサが不審げに見ている。

「なんでもないわ」

アデルはにっこり笑って、再び花に水をやって回った。


義姉から呼び出しがあったのは、その翌日のことだった。

朝、王妃の使いの者が訪ねてきて、午後から王宮に来て欲しいとの伝言を受け取る。

断ることもできたのだが……戦いに挑まず白旗を揚げるのもどうかと思い、アデルは王宮に出向く準備をする。ついでに、義姉から借りたままになっている本も返すことにした。

アデルは宝石箱の中から、以前ルイスにもらった琥珀のイヤリングを取り出し、耳につける。

結婚後、ルイスは他のイヤリングも贈ってくれたけれど、アデルは最初にもらった琥珀をとても気に入っていた。

木漏れ日のような暖かな琥珀の輝きは、女の決戦に挑むための勇気をアデルに与えてくれた。

昼食を早めにすませ、馬車で王宮へと向かう。

もしかしたら義姉はルイスに内緒でアデルに会い、何かよからぬことを企んでいるのかもしれない。ならばルイスには会わないほうがよいだろう。

アデルは騎士たちの訓練場になっている広場は通らず、義姉の部屋を目指す。

「アデルお姉様！」

男の子二人が、部屋に入ると駆け寄ってきた。義姉の子であり、アデルの甥だ。本当は『叔母様』

なのだが、『お姉様』呼びにしてくれている。

「アデル、よく来てくれたわね」

甥たちのあとから、義姉が足取りがまだおぼつかない幼女の手を引き姿を現す。

「ちょうどこの子たちの休憩時間だから騒がしいのだけれど……少しだけ我慢してね」

甥は七歳と六歳、姪は二歳。

甥の二人はすでに家庭教師がついていて、いわゆる『帝王学』を学んでいた。

姪ももう少しでお昼寝の時間らしい。

「子どもたちがいなくなったら、お茶をしましょう」

さすがに子どもたちの前で女同士の戦いをするわけにはいかないのだろう。

甥の二人は義姉似であるが、姪のほうは兄王に似ていた。おそらく姪は、兄王の実の子である。

甥の顔を観察するがルイスの面影はない。そもそも――ルイスは童貞であったので、甥がルイスの子というのは、考えにくい。

甥はどうであろう。

「……アデルお姉様、どうしたのですか？」

「なんでもないわ。可愛いから見ていただけよ」

アデルがじっと見つめていると、甥が首を傾げて聞いてくる。

義姉がルイスと恋仲であったとしても、甥も姪も可愛いことに変わりはない。

「アデルお姉様も可愛いです」

「まあ！　ありがとう」

アデルは二人の男の子の髪をくしゃくしゃと撫でる。

そうしていると侍女が二人を呼びに来た。「また遊びに来るから」と約束をして、甥っ子と別れた。

少しして、姪っ子もお昼寝の時間だと、侍女が呼びに来る。

侍女が連れていく前に、ぷくぷくした頬を撫でると、恥ずかしがり屋の姪は逃げるように顔を背けた。そのくせ、瞳は好奇心いっぱいにアデルを見つめていて、あまりに愛らしくてニヤニヤしてしまった。

侍女と子どもたちがいなくなり、いざ戦いが始まる、と思ったのだけれど、義姉はゆったりとした口調で、アデルに椅子に座るよう勧めた。

「お茶の用意を頼んであるから少し待ってね。評判の焼き菓子もあるのよ。あと今日、アデルを呼んだのはね……」

と言って、義姉は棚のほうへ行く。

武器を手にして戻ってくるのか、と身構えていたけれど、義姉は両手に本を十冊ほど抱えていた。

まさかその本でアデルを殴りつけるのだろうかと思ったが、義姉は本をドスンとテーブルの上に置いた。

「これ、読み終わったから、アデルも読んでちょうだい」

「まあ！　この作家さんは……新作を出されたのね！」

背表紙にある筆名を見て、アデルは目を輝かせた。

「ええ、三年ぶり！　話したいことはたくさんあるのだけれど、前情報なしで読んで欲しいの……とにかく、よかったわ。読んだら、感想を聞かせて！」

ライツヘルドだけでなく、大陸中で人気の作家であった。恋愛小説家で、胃がキリキリしそうな切ないお話を得意としている。前に義姉から借りて以来、お気に入りの作家になっていて、アデルの部屋の本棚にもこの作家の本が並んでいる。

他にも義姉にしては珍しい推理小説があった。

（もしかすると……ここに毒の秘密が……）

などと思いながら、その本を手に取った。

「推理小説だけれど、切ない恋愛話でもあるのよ。それもお薦めよ」

義姉はにっこり笑顔で言う。

悪意などかけらもなさそうな、優しい笑顔だ。

そう、義姉は優しく穏やかで、凛としていて、聡明で美しかった。公務にも熱心で施設への慰問も頻繁に行っていた。臣下からも、民からの人気も高い。

義姉が道に外れたことをしてしまうなど思えない。きっとルイスと浮気したのには、そうせざるを得ない理由があったのだ。

（お兄様には結婚する前から恋人がいて……その女性のことを、結婚してからも愛人として大切にしていて、二人の間には隠し子がいたとか……）

それとも頭が寂しくなったのが、我慢がならなかったのか。いくら美形でも、髪がなければみっともなく感じることもあるだろう。

けれど兄だって好き好んで、髪が抜け落ちたわけではない。寛大な心で赦してはくれないだろうか。

「お義姉様……お話があるのです」

いろいろ思い悩んでいたけれど……もともとアデルは悩むことが得意ではなかった。

本来なら義姉ではなく、夫であるルイスに確認するのが手っ取り早いし、筋であろう。今までも何度か彼の気持ちを確かめようと思いはしたのだが――ルイスに心の中の不安を打ち明けようとすると胸がひどく痛んで。また明日にしようと、先延ばしにしてしまっていた。

偽りの生活であったとしても、アデルは今の幸せが儚く散ってしまうのが怖かった。

義姉には子どももいるし、立場もある。ルイスと想い合っていたとしても、アデルが真摯にお願いをすれば、道を正してくれるような気がした。

「どうしたの？　深刻な顔をして」

「十日前くらいに……書庫の中でルイスと、お話をされていたでしょう？　わたくし立ち聞きしてしまったのです」

朗らかな笑みを浮かべていた義姉の顔が、あからさまに強ばった。

「聞いてしまったのね……だから、早めにあなたにきちんと話をすべきだって言ったのに」

沈んだ暗い声で言う。

（やはり……不義の仲だったのね）

アデルは悲しくなった。メラメラと嫉妬心がわいてくるが、必死で抑え込んだ。感情的になったら話し合いは拗れてしまう。

「でもね、アデル。悲観することはないの」

悲観するな。いったいそれはどういう意味なのだろう。

ルイスと離縁したあとのアデルの将来を考えているということなのか。次の再婚相手はすでに用意されているのかもしれない。

アデルはルイスに再会して結婚するまでは、政略結婚の相手を選《え》り好みするつもりなどなかった。彼でなかったとしても、兄の薦める相手と結婚していた。

けれど今は――幸せを知った今は、ルイス以外の男性と結婚することを想像しただけで胸が苦しくなる。王族としての役目だとそう命じられても、悲しくて堪らない。

離縁されるのであれば、修道女になり、神にこの身を捧げたかった。

「お義姉様……悲観するなって言われても、無理です……」

アデルの言葉に、義姉は長い溜め息を零した。

「アデル、飲んでいる者が皆、副作用を患っているわけではなく、個人差もあるのよ。それに……本来なら、個人的なことであるし……きちんとあなたから話を聞くべきだったのだけれど……」

義姉は言いづらそうに口籠もりながらも、続ける。

「ごめんなさい。あなたには悪いと思ったのだけど、当時あなたに付き添っていた侍女に、どれくらいの間隔で飲んでいたのか訊ねたのです」

どうしてこの流れで侍女が出てくるのかわからず、アデルは「はぁ」と気の抜けた相づちを打った。

「数える程度だったのよね……副作用が出るのは、あくまで常用しているからだもの。案じることはないと思うわ。私の言葉だけでは安心できないのならば、侍医に一度診てもらってもよいし……あの薬湯《やくとう》は飲んでいるのよね」

「薬湯……？　深緑の……」

ここ最近、食後に飲んでいる毒……深緑の飲み物のことを脳裏に浮かべる。

「ええ。あれはね、妊活のための薬湯なの。私もあれを飲み始めて、重くて困っていた月のものも軽くなって、しばらくして妊娠したの。避妊薬の副作用のことはひとまず置いておいて、妊活から始めてもよいのだし」

妊活。避妊薬。予想していたものとは違う『話』になり、アデルはポカンと義姉を見つめた。

「アデル……あなた、十日前に立ち聞きしていたのじゃないの？」

アデルの様子に違和感を覚えたのだろう、義姉が眉を顰めた。

アデルは十日前に立ち聞きしたこと、そしてあの日から抱いていた疑惑を淡々と話した。

最初は呆れ顔になっていた義姉だったが、途中から己の失言に気づき顔を青くさせていった。

『ルイス……ローマイア伯爵は、短い間ですが、私付きの騎士だったことがあるの。だから他の騎士より信頼しているけれど、あくまで我が国の優秀な騎士として。そして今は大事な義妹の夫として信用しているわ』

どうやら不義の疑惑は誤解だったらしい。

『私は陛下を……あなたのお兄様を裏切ったりしません。たとえ頭髪のすべてが抜け落ちたとしても、心変わりして浮気なんてあり得ません。陛下は私にとって唯一無二のヒーローよ』

乙女向けの恋愛小説に薄毛のヒーローは出てこない。少なくともアデルは、そんなお話を読んだことがない。

恋愛小説好きの義姉だからこそ『唯一無二のヒーロー』という言葉は、『愛している』の一言よりもずっと重くて深い気がした。

アデルも義姉のように、年老いて頭髪が薄くなったルイスを、あるいは不摂生がたたり肥満体型になったルイスを、今以上に愛したいと思う。

思うのだけれど――。

『……あなたが後宮時代に避妊のために飲んでいた薬……あれは常用すると、子どもができにくくなるのよ』

青ざめた義姉が、言いにくそうに口にした。

『常用していなかったのだから、心配しなくとも大丈夫よ』

軋んだ心のまま、顔を沈ませていると、義姉はそう言って慰めてくれた。

確かに、王とアデルが閨をともにしたのは数度きりで、避妊薬もそのときしか口にしていない。

副作用があるとしても、常用していないのだから心配しなくてもよいのだとは思う。

けれどアデルは、妊娠しづらくなっている可能性があるのを隠されていた。そのことに、ひどく傷ついていた。

兄はもちろん、十日前の会話からしてルイスも知っていたのだろう。知っていて、義姉に隠すように口止めしていた。

真実を知ったアデルが傷つくのを心配してと義姉も言っていたけれど……。

ルイスと再会してから、アデルは子どもが欲しいと言い続けていた。ルイスはどのような思いでアデルの言葉を聞いていたのだろうか。今から考えると、自分の発言が滑稽に思えた。

(ルイスは……哀れんでいたのかしら……)

もしかすると子が産めない可能性のある妹を、兄がルイスに押しつけたのかもしれない。彼も少年時代に付き従っていた姫君に同情したのかも。

そんなことはないと思おうとしても、どうしても悪い想像ばかりしてしまった。

心配げな顔をする義姉に、大丈夫と言い残してアデルは王宮をあとにした。

ローマイア邸に帰る気になれなかった。ルイスとどんな顔をして会えばよいのかわからない。

こういうときは実家に行くのが定番だが、実家は今出てきたばかりの王宮である。

宰相家に嫁いだ姉の存在を思い出すけれど、姉妹なのは変わらずとも、すでに家庭がある身だ。八年の月日はアデルを大人にさせていて、少女の頃のように迷惑を考えず、無邪気に頼ることはできなかった。

「お父様のお墓に参ります」

アデルはしばらく思案し、御者に行き先を伝える。

父と母が眠る王都の共同墓地で、一人になりしっかり考えたかった。


幼い頃に亡くなったため、アデルは母との思い出がない。

肖像画でしか知らない母は、病がちだったけれど明るい人だったという。父は一国の王としては優しすぎる面もあったが、アデルにとってはよい父親だった。

二人が生きていたら今のアデルになんと声をかけていただろう。考えても答えがないことを想像する。


墓石の前で佇《たたず》み始めてから、そう時間は経っていなかったのだが——。

かさり、という足音がして振り返ると、兄王の姿があった。

心配した義姉はアデルが帰ってすぐに、兄に相談したのだろう。慌てて追ってきたのか、額に汗を滲ませていた。

「どうしてこちらにいるとわかったのですか？」

「馬車が……ローマイアの家に向かわなかったと衛兵に聞いた」

こういうときにアデルが行くであろう場所は限られていたので、予想がついたのだろう。

「そうですか……。お兄様。政務を疎《おろそ》かにしてはいけません」

「アデル……」

「心配なさらずとも、愚かな真似はしません。少し……一人になりたかっただけです」

義姉の話によると、アデルは決して子を孕《はら》めなくなったわけではない。

そもそもアデルは、生涯子を持たない覚悟で、大国に嫁したのだ。

今さら子どもができないからという理由で、人生を悲観したりはしない。

「……八年前、避妊薬の副作用のことを、お前にきちんと伝えず……すまなかった」

兄が重い口調で詫びた。

どうして話してくれなかったのだろう。

副作用の危険性を知れば、アデルが嫌がると思ったのか。飲むのを躊躇うのではなかろうかと危惧したのか。

当時義姉は妊娠中だった。自身の子が産まれようとしているときに、妹に避妊薬の危険性を打ち明けるのは気が引けたのかもしれない。

一国の王として、非情にならざるを得なかった兄の気持ちをアデルは理解していた。

八年前のことで兄を責めるつもりはない。

アデルが赦せないのは――。

「八年前のことはよいのです。どうしてライツヘルドに戻ってきたときに……降嫁のお話をされたときに、教えてくれなかったのですか？　今になってわたくしが知るまで、どうして秘密にされていたのです？」

降嫁は王命ではないと、強制ではないと兄王は言っていた。アデルの意思が尊重されるならば、隠す必要などなかったはずだ。

あのときに話してくれていたなら、無邪気に子どもが欲しいと浮かれたりしなかったし、ルイスに子種をねだったりもしなかった。

「……お前を傷つけたくなかったのだ……お前に幸せでいて欲しかった」

兄の言葉にアデルは苛立つ。

「……わたくしが幸せであれば、それでよいのですか？　……ルイスが哀れです」

事情を知らされ、アデルの降嫁を頼まれたら彼は断ることができないだろうし、結婚後に知ったとしたら不憫である。

子を欲しがるアデルは、彼の目にどう映っていたのか。

ルイスが哀れだったし、ルイスに哀れまれている自身も哀れだ。

「ローマイアが哀れかどうかは、お前が決めることではないだろうに」

呆れを滲ませたような物言いをされ、アデルは兄を睨み上げた。

「わたくしの幸せを決めるのも、お兄様ではありません！」

「ならばお前は今、幸せではないのか？　仮に……子がこの先、二人の間にできなかったとしたら、不幸な人生だったと思うのか？」

アデルは子どもが欲しかった。

けれど子どもが欲しいから、ルイスを好きになったわけではない。ルイスが傍にいてくれれば、たとえ子どもがいなくとも不幸だと嘆くことはない。

けれどそれと、兄が隠していたことは別だ。

「お話をすり替えないでください！　お兄様はわたくしにお説教しに来たのではなく、謝りに来たのでしょう？　ならば謝るだけでいいです」

「いくらでも謝ろう……しかし……王都には子のいない夫婦も大勢いる。お前は、彼らに対しても、可哀想だと哀れむのか？」

「思いません。けれど、ルイスは……」

「ローマイアも同じだ。哀れなどではない」

「ルイスの気持ちをお兄様が代弁しないでください！　お義姉様に三人も子どもを産んでもらっているくせに！　そんなお兄様に、ルイスの気持ちなどわかるはずがありません」

兄の言葉はもっともだったし、理解もできる。しかし話を上手く逸らされている気がして、アデルは声を荒らげた。

「……気持ちがわかったから、降嫁を許したのだ」

兄は俯き、嚙み締めるように言った。兄の薄い髪が風でふわふわ揺れる。

「他人の気持ちなど、たやすくわかるものではありません！　お兄様は……ルイスがもし、お兄様の気持ちがわかると言ったら？　腹が立ちませんか？　王である苦しみや孤独はお兄様だけのものでしょう？　そして、ハゲである悲しみを、ふさふさなルイスは知らないはずです。わかったと感じたとしたら、それは思い上がりです」

「アデル……私は薄毛であることを、悲しいと思ったことなどない」

「嘘です！　東方から髪がふさふさに生えてくるという怪しさいっぱいの高価なオイルを手に入れ、毎晩、頭皮に塗りつけていると、お義姉様が仰っていました！」

ぐっ、と兄が喉を鳴らした。

「……話をすり替えるな」

「すり替えてなどいません！　すり替えているのはお兄様のほうです！」

「……ならば、話を戻す。お前はこれからどうするつもりなのだ？」

「……一人になり考えます」

「王妃から話を聞いたのだろう？　お前は子ができぬと決まったわけではないのだ。一度王宮に戻り、侍医から話を聞くといい」

「とりあえず……教会に行きます」

信じていた者たちに裏切られたとき、乙女は決まって修道院に行くというのをアデルは思い出す。

しかしライツヘルドには修道院が二か所あるものの、どちらも王都からかなり離れた距離にあった。

王都には王家と関わりが深い教会がある。隣には孤児院があり、幼い頃からアデルも頻繁に慰問に訪れていた。帰国してからも、三度顔を出した。

手伝いを願い出れば、二、三日なら置いてくれるだろう。

「アデル、ローマイアの屋敷に帰れ」

「子ができるできないの話ではないのです。秘密にされていたことを、わたくしの中でどう処理すればよいのかわからないのです」

「ローマイアと顔を合わせるのが嫌ならば王宮に戻ればよかろう」

「お兄様と顔を合わせているのも苦痛なのです」

兄に反抗するのは初めてだった。こんなふうに、冷たい言葉をぶつけるのも。

傷ついた表情になった兄を見ていられず、アデルは彼から顔を背ける。

アデルは自分のことを物わかりのよい性格をしていると自負していた。なのに、今は胸の中で荒れ狂う感情を上手く鎮めることができない。

どうしてここまで頑《かたく》なになってしまうのか、自分でもよくわからなかった。

アデルは墓地に兄を残し、その場を去る。

兄は追いかけてはこなかった。


アデルは御者に頼み、教会へと向かった。

墓地から教会までは距離がある。御者と馬を連れ回してしまった。教会の門の前で馬車から降りたアデルは、御者にお礼と詫びを言った。

「今夜はこちらでお世話になります」

「奥様を置いて帰るわけにはいきません」

帰るよう言うと、御者は首を振り渋った。

「教会だから危険などありません。王女だった頃、単身でこちらに泊まったことが何度もあります」

「旦那様はご存じなのですか？」

「……ご存じです」

きっと王宮に戻った兄が、ルイスに伝えるはずだ。

（もしかしたら……迎えに来るのかも……）

いや、そんなことを望んではいけない。顔を合わせたくないと思っているのに、つい身勝手な妄想を始めてしまいそうになる自分を叱咤《しった》する。

御者は納得いかない様子であったが、「命令です」と王女のごとく言うと、すごすごと去っていった。

司祭にお願いするため教会へ向かおうとしたアデルは、木の柵で仕切られた孤児院側の庭のほうから、子どもたちの声が聞こえ、足を止めた。

少女の頃、当時まだ見習い騎士であったルイスを連れ従えて、慰問に訪れたこともあった。

ルイスは年上の者ばかりに囲まれていたので、同年代や年下の者たちと接するといつもと違う表情が見られるのではと期待したけれど、彼は呆れるくらい普段と同じであった。

（……自分の子どもでないと、駄目なわけではない……）

兄に言っていた通り、子のいない夫婦もいる。

夫婦のかたちはそれぞれで、不幸かどうかなど他者が判断すべきではない。

アデルは子どもが好きだが、自分の子孫を残すことにそこまで固執していない。孤児院の子どもたちも、後宮で側室仲間が産んだ赤子も可愛かった。甥も姪も愛おしい。

（いざとなれば、親に恵まれなかった子を引き取ってもよいし、孤児院に通ってひとときの間だけでも親代わりになってもよいのだし……）

ぼんやりと考えながら佇んでいると、しばらくして子どもたちの声が近づいてきた。

挨拶をするため待ち構えていたアデルは、きゃっきゃっとはしゃぐ子どもたちの集団に中に見知った顔があるのに気づく。

「……王女殿下？　……いや今はローマイア夫人か」

向こうもアデルに気づく。長身で大柄な、熊のように雄々しい男がアデル見下ろし、訝しげな表情を浮かべる。

大木のような太い腕には、小さな男の子を三人、ぶら下げていた。

「あなたは……」

「どうしてここへ？」

ルイスの上司で兄王の臣下。騎士団長である。

騎士団長は子どもたちを下ろし、にこやかな笑みを浮かべ柵のほうへ近寄ってくる。

「あなたこそ……」

「非番なんで家族に会いに。俺はここの出身なんですよ」

そういえば騎士団長は平民上がりだと聞いたことがあった。そのせいで彼のことを悪く言う貴族も多くいたが、それ以上に民の人気が高く、部下からの信頼も厚いという。

「で、アデル様はどうしてここへ？　もう夕方ですけど、もしかして泊まるつもりですか？」

「ええ。お世話になろうかと」

「いやいや、まだ新婚でしょう？　帰ったほうがいいですよ。教会が何か頼み事でもしましたか？　気が利かないな」

「いえ……わたくしの都合です」

「……ルイスと喧嘩でもしましたか？」

祭しのよい男の問いに、アデルは口籠もる。

「……そういう……、わけでは……」

「要領が悪いですからね。何かやって、あなたを怒らせてしまいましたか？」

「……ルイスは要領が悪いのですか？」

副団長という立場だというのに、要領が悪いのは困るだろう。

「他人に興味ないところがありますから。悪気はないんだろうが……素っ気ない。入ったばかりの奴らは冷血副団長とか言って、怖がってますよ」

冷血副団長。騎士服のルイスが鞭を片手に、ビシバシと部下をしごくのだろう。冷たく蔑むように見下ろす姿を想像し、アデルは興奮しそうになった。

「けどまあ……慣れれば皆、だいたい慕い始めるんですけどね。小ずるいことが嫌いな真面目人間ですから」

「そう……」

冷血副団長も素敵だが、皆から嫌われてばかりなのはルイスが可哀想だ。

信頼できる友人や仲間がいてくれたほうがよい。

ホッとして微笑むと、騎士団長は首を傾げる。

「ルイスが怒らせたって感じではないですね。もしかして、浮気を疑っています？　確かにあの容姿だからモテはするけど、浮気なんてあり得ませんよ」

男というのは据え膳を食うものだと、以前読んだ本に書いてあった。

いくらルイスが清廉潔白な人柄であろうとも、間違いを犯すことだってあるだろう。

「ものすごい美女がルイスの目の前に現れたら……あるいは、可憐な少女が異世界から召喚されて、ルイスが護衛を任されたりしたら。恋に落ちるかもしれません」

「薬を飲まされてとか、記憶喪失になったとか……あるいは魅了の魔法などにかけられてしまえばわからないですけど、正気でいる限りはないですよ」

――魅了の魔法をかけられたらアデルのことを忘れてしまうのか。

きっと魔法をかけるのは桃色の髪をした男爵令嬢だ。

アデルは妄想が膨らんでいくのを我慢する。けれどつい、ニヤついてしまったのだろう。笑みの理由を誤解したのか、騎士団長の視線が生温《なまぬる》くなった。

「あいつにとって一番の美女はあなただし、可憐なのもあなたです」

「……それは、違うと思います」

アデルは自身が美女でも可憐でもないことを知っていた。

身長も体重も標準で、髪も瞳の色もありふれたものだ。『愛嬌がある』と言われたことはあったけれど、美女や可憐と褒められた覚えは一度もない。

魅了の魔法も使えないし、媚薬《びやく》の作り方もわからない。媚態で男性を虜にする能力もなかった。

「前に会ったときにも言ったでしょう？　八年間、あなたを一途に想い続けた男だと。俺の言葉が
……いや、ルイスのことが信じられませんか？」

「八年前はわたくしのことを好いてくれていたのかもしれません。けれど、現実に再会したら、それほどでもなかったと、八年の恋から目が覚めることもあるのでは」

思い出は美化されるものだ。叶わなかった恋ならばなおさら。

「あなたも、目が覚めましたか？」

騎士団長の問いに、アデルは首を振った。

「いいえ。もう一度、ルイスに恋をしました」

「彼も同じですよ。あなたと再会してからというもの、冷静なふりをしていますが、ずっと浮かれている」

騎士団長の視線が、アデルの顔――いや耳元に向けられる。

「……あの、何か？」

イヤリングがどうかしたのだろうか。もしや落としてしまったのか、と慌てて耳を押さえ確認するが、ちゃんと耳たぶにくっついていた。

「人の心は移ろいやすい。ずっと一人の相手を想い続けるって、簡単なようで難しいことですよ。身近にいない相手ならなおさらだ。いつも不安がつき纏う。相手が変わらずにいてくれる保証なん

てないんですから」

亡くなった元夫である王のことは敬っていたが、恋愛的な感情を抱いたことはない。

後宮では他の男性との出会いはなく、アデルは恋ができる環境になかったけれど、ルイスは違う。ルイスには多くの出会いがあったはずだ。

「アデル様は、読書が趣味なんですよね。ルイスから聞きました。俺も本をよく読むんです。ちなみに、一番好きなのは恋愛小説です」

「まあ……そうなのですか」

ふいに話が変わり戸惑うと同時に、騎士団長の趣味が読書というのにも驚く。

人は見かけによらないというけれど、その逞しい肉体から、体を鍛えたり、魚釣りをしたり、山登りに行ったりと、活動的な趣味のほうが似合いそうだ。

読書、それも恋愛小説が好きとは、意外である。

「八年間、しつこく想い続け、再会してまた恋に落ちる。終わったはずの初恋が、奇跡的に実るって素敵な物語ですよね。俺、ハッピーエンドが好きなんです」

悲恋には悲恋で終わるからこその奥深さがある。けれどアデルも騎士団長と同じで、恋愛小説ならば幸せな結末のほうが好きだ。

「わたくしも……ハッピーエンドがいいです」

アデルは彼がなぜ恋愛小説の話を始めたのか察し、素直な気持ちを口にする。

「ならよかった。何があったのかはわかりませんが、夫婦であっても、ちょっとした行き違いで駄目になってしまうことがある。不満はできるだけ早めに吐き出したほうがいい」

アデルとてルイスとの恋を悲恋で終わらせるつもりはなかった。

どんな顔をして会えばよいのかわからないから、自身の心が落ち着いてからルイスに会いたかっただけである。

けれどもしかすると、アデルが心を落ち着かせている間に、思い詰めたルイスが何かよからぬ真似をしでかすかもしれない。

——ローマイア邸に帰ると、ルイスが毒を飲み倒れているのだ。

そしてアデルも彼のあとを追うため、毒を飲む。けれど実はルイスが飲んだのは毒ではなくただのお酒。単に寝ていただけであった。やがて目を覚ましたルイスの目の前にはアデルの死骸が。悲劇的だ。そんなことになれば、一生後悔する。死んでも死にきれない。……すでにアデルは死んでいるけれども。

不安になってきたアデルは、今すぐにルイスの無事な姿を確認したくなり、帰りたくなってくる。

しかし馬車はもう帰してしまっていて、考えなしな自分に呆れた。

「帰るなら、送っていきますよ」

肩を落としたアデルに、騎士団長が言う。

「でも……ご迷惑ではありませんか？」

「いえ、全然。俺も帰るついでですからね」

騎士団長がアデルを安心させるように、にっこりと笑った。

「団長がどうしてアデル様と……」

騎士団長に連れられて屋敷に戻ると、そこには倒れた愛しい夫の姿が——なんてことはなく、二人を見るなり、ルイスは青ざめた顔を不審げに歪めた。

「今夜は教会にお世話になるつもりだったのだけれど……団長さんに会って、送ってもらったのです」

「そうですか。ありがとうございます」

ルイスは抑揚のない冷ややかな声で言い、騎士団長に向かって頭を下げた。

「礼を言われてる気になんないけど……。詳しいことは知らんが、まあ、よく話し合え。……アデル様。今度、俺のお薦めの本をお贈りますよ」

「本当ですか？　楽しみにしています」

騎士団長は、ヒラヒラと手を振って屋敷をあとにした。

「本……？」

ルイスの眉が寄っている。

「団長さんは趣味は読書で、それも恋愛小説が特に好きなのだそうです」

「ああ……そういえば、よく読んでますね」

「ルイス。お話がしたいの」

ルイスははっとしたようにアデルを見る。

そして目を僅かに伏せ「はい」と答えた。

ルイスの自室に招かれたアデルは、キョロキョロとあたりを見回す。

アデルが彼の部屋に足を踏み入れるのは初めてだ。覗いたのは——初夜のとき以来になる。

アデルの部屋と造りは同じであったが、内装が違った。

壁紙は茶色で、机とベッドがある。アデルと違い、日中部屋にいることがあまりないのもあってか、全体的に生活感がなく、簡素だった。

ルイスに促され、アデルは机の前にあった椅子に座る。

話がしたいと言ったものの、どう切り出せばよいのか迷っていると、ルイスが先に口を開いた。

「……陛下から、アデル様は取り乱しておられるので、落ち着くまで待つようにと言われました。ですから……心配でしたが、迎えには行かないほうがよいのだろうと……戻ってきてくださって、安心しました」

そこまで取り乱した覚えはないけれど、兄はルイスに忠告をしていたらしい。

——もしかしたらルイスは同情で結婚しただけで、本当は迷惑に感じていたのかもしれない。

僅かに抱いていたそんな不安も、落ち込んだ顔でアデルのことを心配していたと言う彼を見て、綺麗さっぱりなくなった。

「本当は、一人でよく考えてから、お前に会おうと思っていたの。でも、そうしている間に取り返しのつかないことになったら困るから」

「取り返しのつかないこと？」

「お前を失いたくないの」

「……おれのことをお怒りではないのですか」

「どうして？　怒ったりはしていないわ」

何も知らず彼の前で子どもを欲しがっていた自分を恥ずかしいとは思う。しかしルイスに対して、怒ってはいない。

「お兄様が黙っているよう言ったのではなくて？　わたくしが子を欲しがる度、お前を嫌な気持ちにさせていたのなら、わたくしがお前に謝らなくては」

「何を仰るのです」

ルイスは慌てたように、椅子に座るアデルの前に跪いた。

「嫌な気持ちになど……なるわけがない」

「そうなの？」

「ええ。そのような誤解をあなたに抱《いだ》かせた、おれが悪い」

「でも……お前は、初夜以来……夜の行為をしてくれなかったでしょう？」

義姉との仲を誤解していたときは、操を立てているのだと思っていた。

けれど自身の体のことを知ってからは、ルイスの中で子作りに対する葛藤があったのではないか、と思うようになった。

最初こそ義務で抱いたけれど、子どもができる確証がないのに抱く必要はない。

アデルの体が改善してから、子作りを再開するつもりで……だから、薬湯を飲むよう勧めたのだと、そう思った。

「最初から……お話をしてもいいですか?」

ルイスの両手が、膝の上に置いていたアデルの左手を包み込むように握った。

黒曜石の瞳に真っ直ぐ見上げられ、アデルは頷く。

「あなたがライツヘルドに帰国される前。降嫁を陛下に願い出たとき、おれは陛下から、避妊薬のせいで、あなたに子ができない可能性がある、と説明されました」

「……最初から、知っていたということ?」

「はい。おれはそれでも構わないからアデル様を賜りたいと、陛下にお願いしたのです」

「どうして? お前は、子が欲しくはないの?」

子ども嫌いの男性ももちろんいるだろう。しかし子孫を欲するのは男の本能だと、大国の王はよく口にしていた。

「おれにとって……子どもの問題は些細なことでした。爵位を賜りはしましたが、家名を残す義務はない。それに……おれは、あなたがライツヘルドに戻らなければ、おそらく誰とも結婚しなかった」

アデルの手を握る指に力が籠もった。

「……おれは、アデル様。男爵家に身を置いてはいましたが、庶子なのです。愛人だった母はおれを産むと男爵家に預け、行方をくらました。そのためおれは母の顔は知りません。父は物心ついたときからずっと、おれに無関心でした」

身内だけで行われた結婚式のことを思い返す。

男爵家からは、彼の父親のみ参列していた。母親も、兄弟の姿もなく、父親はルイスに祝いの声すらかけなかった。

「両親の情を受けずに育ったせいか、家庭を築きたいと思ったことも、子が欲しいと思ったこともありませんでした。……なので、陛下からあなたの話を聞いたときも、重く受け止めなかった。浅はかだったと気づいたのは、初夜を終えてからです」

「……わたくしが、あまりに子どもを欲しがっていたから？」

初夜のとき、アデルは子作りする気がないのか、と言ってルイスを責めた。他にも、子どもが欲しいあまり、あれやこれや言った気がする。

「いいえ……初夜の翌日、あなたは子どもができているかしら、と仰りました。不安がったり期待するでもなく、ごく普通に。おれは……それまで、あなたはご存じのうえで、子を欲しがっておられるのだと思っていたのです」

「何を？」

「……子どもが……できにくくなっていることをです」

「わたくし……今日、知ったばかりよ」

いろいろありすぎて遠い昔のような気がしたが、アデルが異世界召喚されて記憶をいじくられていない限りは、知ったのは間違いなく今日の午後である。

「あなたの言葉に違和感を覚え、おれは陛下に改めて確認しに行きました」

「お兄様がわたくしが避妊薬のことを知っていると、お前に嘘を吐いていたの？」

なぜそんな嘘を吐いたのだろう。夫婦を仲違《たが》いさせたかったのだろうか。

「いえ。陛下もあなたが知っていると、ずっと思い込んでおられたのです」

ルイスが言うには、八年前、アデルに避妊薬を持たせることは、兄と宰相、そして父との話し合いにより決まったという。

当時の侍女頭に、宰相が避妊薬の手配を任せたというのだが、兄はてっきり侍女頭が、避妊薬の副作用について話しているものだと思い込んでいたらしい。そしてそれは侍女頭も同じで、宰相や兄がアデルに説明しているのだと思っていた。

ルイスに言われて調べ、その結果、誰も八年前から今に至るまで、アデルに説明していないことに気づいたのだそうだ。

「陛下は、今からでもあなたに教えると仰ったのですが……おれがお止めしました」

「お前が止めたの？」

「はい」

墓地で会ったとき、アデルが責めても、兄は言い訳ひとつしなかった。

八年前のことも、ルイスが口止めしたことも言わなかった。事情があったというなら、きちんと言ってくれればよかったのだ。そうしたらアデルは怒ったりはしなかった。

おそらく兄は――どんな理由があれ、アデルが知らなかったのは事実だからと、妹の怒りを受け止めたのだろう。

兄らしいと思うが、歯がゆさを感じる。

「お前はどうして止めたの？　わたくしが傷つくと思ったから？」

兄もだけれど、ルイスに対しても、もどかしさを覚えた。

「知らせずにすむのなら、そのほうがよいと……あなたの落ち込む姿を見たくなかったのです。……それに、このことを知ったら……あなたがおれのもとから去ってしまう気がした」

「ルイス。わたくし、子どもは欲しいけれど、そのためだけにお前と結婚したのではないわ」

「あなたがおれを慕ってくださっていることはわかっているのに……それでも不安だったのです」

アデルは握られていた手をほどく。そして、今度はアデルのほうから、彼の手を包むように握った。

「お前を不安にさせたのは、わたくしが子どもが欲しいと、そればかり言っていたからね……」

「違います。おれが臆病だっただけです。……あなたと結婚して、幸せで……一度手にした幸せを失ってしまうことが怖くて。そのきっかけになるのではと、怯えていただけです」

義姉との関係を疑っていたとき、アデルは彼を問いただすことができなかった。ルイスとの関係が変わってしまい、幸せな日々が終わるのが怖かった。

「初夜から……わたくしと閨をともにしなかったのはどうして？」

「あなたに知らせないと決めたおれが……子どもを欲しがるあなたを抱くのは、罪悪感というか、騙しているような気持ちになって」

「わたくしね、お前が触れてくれないのは、本当はお義姉様が好きだからではないかって、疑っていたの」

ルイスは目を瞠った。

「ご冗談を……王妃として敬っていますし、あなたのことで相談はしましたが、恋愛感情は一切ありません」

「二人で親密そうに話しているのを盗み聞きして、怪しんでしまったの。今は誤解だと知っているわ」

「だから先日……あなたは様子がおかしかったのですね」

ルイスが溜め息を吐く。

「最初から話してさえいれば、あなたに誤解されはしなかった……王妃殿下にも隠すべきではないと言われていたのに。あなたを傷つけたくないと言いながら、おれが一番あなたを傷つけてしまっていた」

「好きだから、傷ついたり、不安になるの。幸せな日々を壊したくないから、臆病になって、疑いばかりが大きくなっていく……始まりはちょっとした行き違いだったはずなのに、駄目になってしまうこともある……」

結婚すればそこで、ハッピーエンドというわけではないのだ。

だからこそ別離エンドとか悲恋エンドにならないように、疑いを持ったら話し合う。不安や悩みがあるなら打ち明けて、傷ついたなら溜め込まずに、そのときに痛みを叫ばないとならないのだろう。

「避妊薬を常用していたわけではないから、副作用の心配をする必要はないだろうとお義姉様は仰っていたわ。でも、もしかしたら……子どもを産むことはできないかもしれない。お前はそれでも、わたくしと一緒にいてくれる？」

「おれは子どもが欲しくてあなたと結婚したわけではありませんから……自分勝手な愚かな考えであなたを悩ませ、傷つけてしまった。申し訳ありません。けれど……あなたが赦してくださるのなら、これからもずっと、あなたとともにありたい」

跪いているルイスに、アデルは微笑んだ。

「この先もきっと行き違いや勘違いが、ときどきはあると思うわ。けれどその度に話し合って、ときには喧嘩をして、解決していきましょう」

「……はい」

ルイスが噛み締めるように返事をする。

（話し合い、自分が間違っていたのなら、きちんと謝って……）

アデルは兄のことを思い出し、肩を落とした。

「お兄様に謝らなくては」

しっかり釈明をしてくれない兄も悪いと思うが、アデルも感情的になりすぎた。

『お義姉様に三人も子どもを産んでもらっているくせに！』

腹立たしさのまま、感情のままに口にしたけれど……ちゃんとアデルもわかっている。

アデルは第三王女として大国に嫁ぎ、子を持つことが許されなかったが、兄と義姉は跡継ぎを作るのが義務であった。

アデルにはアデルの、王と王妃には彼らが背負わなければならない責任があり、役目がある。

義姉は結婚して、すぐには子を宿すことができなかった。

臣下や侍女たちの中には、義姉の気持ちを思いやることなく、子ができぬことを不審がって口に出す者もいたのだ。

(お義姉様が、妊娠関係の本を熱心に読んでいたのを……悩んでいたのを知っていたのに)

「自分が悲しいからといって、周りに気遣いができなくなるなんて……本当に駄目ね」

「陛下も……配慮が足りなかったと、アデル様に謝りたいと仰っていました」

アデルが反省していると、ルイスが目を細め、柔らかく笑みながら言う。

「仲直りできるかしら」

「できますよ」

「そういえば、お兄様の誕生日は来月ね。お詫びを兼ねて、お兄様の喜ばれるものを贈りたいわ」

大国で離れて暮らしていたときも、アデルは兄夫婦、姉たちには欠かさず誕生日の贈り物をしていた。

義姉には大国でしか出版されていない本、姉たちには美容関係のもの、兄にはかっこいい虎の置物や、よくわからないありがたそうな狸の置物を贈っていた。

姉たちはともかく兄が喜んでいたのか自信がなかった。

「男の人って何をもらったら嬉しいのかしら？」

男心はアデルにはよくわからない。

兄だけでなく、いずれ来るルイスの誕生日の参考にもしようと、アデルは彼に訊ねた。

「そうですね……必要としているもの……欲しいものをもらったら嬉しいと思います」

「必要なもの……」

兄が何を欲しがっているのかわからないから訊ねたのに、漠然とした答えが返ってくる。

（お兄様が必要としているものとはなんなのだろう……）

国の安定、国益、平和……もしかしたら休日を欲しがっていたりするかもしれない。

「ちなみに、お前は何が欲しいの？」

「おれは……。今度、休みの日。一緒に陛下への贈り物を買いに行きましょう」

「一緒に？」

「お嫌ですか？」

アデルはぶんぶんと首を横に振る。

「いいえ！　嬉しいわ！　…………お前、何が欲しいか答えていないわよ」

二人でお買い物は初めてだ。嬉しくて目を輝かせていたが、ルイスの欲しいものを聞いていないことに気づき、唇を尖らせた。

「あなたと休日を一緒に過ごすことが、今一番、欲しいものです」

「そんなの……いくらでも、あげるわ。毎日は……お仕事があるから無理でしょうけど」

甘い言葉を口にされ、アデルは頬を染めた。


夕食を終え、薬湯も飲んだ。

入浴をすませたアデルは、ナイトドレスに着替える。

今夜はなんとなく、ピンクの気分だ。リボンやヒラヒラしたレースがあしらわれた、膝丈の桃色のナイトドレスを選ぶ。

誰もいない主寝室へ向かい、燭台に明かりを灯《とも》す。

そうしてから、冷たいシーツの上に寝転んだ。

(なんだか……ものすごく期待しているのだけれど……)

初夜のときとは少し違う。ドキドキというか、ふわふわした甘い気持ちになりながら、広いベッドの上でゴロゴロと転がっていると、ガチャッと扉が開く音がした。

いつもの無表情なのだけれど、少しだけ頬が赤らんで見える。

「今夜は……は、早いのね」

最近はずっとアデルがベッドに入りずいぶん経ってから寝室に来ていた。——といっても、アデルは寝ているから、いつ来ているのか、本当に来ていたのか知らないのだけれど。

「駄目でしたか?」

「駄目ではないわ」

ルイスが近づいてくる。

アデルは半身を起こし、彼のために場所を空けた。

ルイスがベッドに膝をつくと、柔らかな敷布が僅かに沈んだ。

「……するのよね」

「嫌ならしません」

「嫌ではないわ。……この前みたいに眠ってしまったら、起こしてね」

「起こす自信がありませんが」

「わたくし、起こされたからといって、怒ったりはしないわ」

寝つきもよいが、寝起きもよいのだ。眠たいからといって、ルイスを叱りつけたりなどしない。

「そうではなくて。眠ってるあなたは、とても愛らしいから、起こしたくないのです。おれには無理です。だから、寝ないでください」

真面目な顔で言われる。

「わ、わかったわ」

照れくさくなりながら頷くと、ルイスの綺麗な顔が近づいてきた。

目を閉じて、唇を受け止める。

アデルはルイスの肩をぎゅっと掴んで、覚えたばかりの濃厚な口づけをねだるように、唇を開いた。

「んっ……」

ぬるりとした舌が、アデルの口内に侵入してくる。

おずおずとルイスの舌先がアデルの舌に触れてくる。

ねとりとした独特の感覚に、頭の奥がじんわりと蕩けていく。

アデルは官能のまま、自分からもルイスの舌に舌を絡めた。

優しくベッドに押し倒され、少しだけ唇が離れた。

「今日のドレス……可愛らしいです」

掠れた囁き声で褒められ、ふわふわした気持ちになる。

「……可愛いほうが好き？　色っぽいのも、あるにはあるのよ」

一番上の姉からもらった結婚祝いの中に、黒のナイトドレスがあった。

一度試着してみたのだけれど、見えてはならないだろう部分が透けていた。どちらにしろ脱いで肌を晒すのだが、全裸よりも卑猥《ひわい》に感じた。

「……色っぽいのも、着てみせてくれますか？」

「……スケスケなのよ。恥ずかしいけど……お前が見たいなら考えてみ」

「見たいです」

まだ喋り終えていないのに、ルイスが食いつくように言う。

「……今度ね」

「約束ですよ」

「……え、ええ。お前……意外といやらしいのね」

透けているナイトドレスへの必死具合に、アデルは少しだけ呆れた。

「スケスケなのが好きなの？」

「……別に透けているのが好きなわけでは、ありません。これも、あなたによく似合っていますし、好きです」

ルイスが胸元のリボンの部分に触れる。

「あ、そのリボン。ほどくと、脱げるようになってるの」

「……ほどいても、よろしいですか？」

「駄目。今夜はお前が先に脱いで」

この前、触れ合ったとき、アデルはルイスの騎士服を汚してしまっていた。

今夜の彼は部屋着だったけれど、きちんと裸で抱き合いたい。

「それに……最初のときも、この前も、お前が触ってばかりだったわ。わたくしだってお前に触りたい」

アデルはむくりと起き上がって、彼の胸を押さえつけ、ルイスの上に馬乗りになった。

自分の下にルイスがいる。新鮮な光景に興奮した。

「アデル様」

「動いては駄目よ。……わたくしに黙っていたことを悪いと思っているのでしょう？　なら、じっと、されるがままでいなさい」

馬乗りになっているアデルを下ろそうとしたルイスを、睨み下ろして脅した。

幼気な乙女に無体な真似をする悪者のようである。

避妊薬の件で後ろめたいルイスは、アデルには逆らえないはずで、今から悪者のされるがままになるのだ。

シャツのボタンを外していくと、意外と逞しい胸が露わになる。

胸には紅色の豆粒のような尖りがある。アデルのそれよりも、小さくて可憐だ。

アデルは掌を彼の胸に這わせた。ルイスの胸はぺったんこで、硬い。

(わたくしも寝転んだら膨らみがほとんどなくなってしまうけれど……)

ルイスの突起は小さくて、つまむのが難しかったので、指先でくりくりと円を描くように転がす。

ルイスがアデルの手首を摑んだ。

「……アデル様っ」

「なあに?」

「……い、痛いのでやめてください」

よほど痛かったのだろうか。ルイスは眉を寄せ、双眸を潤ませていた。

アデルも強く胸を触られると痛かった。アデルはルイスに胸を愛撫されたときのことを思い出しながら、そこに顔を寄せた。

「……っ」

舌を出して、小さなそれを舐める。

ルイスは出産していないので乳は出ない。――いや、男なのでそもそも乳が出ることはない。

(なら、どうして男の人にも乳首があるのだろう)

不思議に思いながら、ちゅっと肌ごと吸うと、ルイスがアデルの後ろ頭を摑んだ。

「アデル様っ！」

「ん……痛かった？」

「そこは……もう、いいです」

ルイスが焦ったように言う。

そこは、もういい。

ルイスに胸を愛撫されたとき、アデルも『そこはもういい』と言った気がする。なぜなら、別のところが熱く火照っていたからである。

アデルはルイスの太股あたりに座っていた。お尻を浮かせ、少しだけ下に移動しながら、その部分を覗き込む。

騎士服とは違い、柔らかな布地で作られた部屋着である。なので、そこの部分がこんもりと膨らんでいるのがよくわかった。

「……っ」

アデルは布地の上から、そこに触った。

「かたくなってる」

擦っていると、ぐっと大きさが増した気がした。

「乳房を揉めば大きくなるって言ったでしょう？　ここも揉んでいたら、大きくなるのね！」

「っ…………お許しください」

ルイスはそう言うと、アデルの体を持ち上げるようにして、反転させる。

「動いては駄目って言ったのに」

「……でて、しまいますから」

「でる？　……何が？」

「……子種が出てしまいます」

初夜の夜、自身の手で己を擦っていたルイスの姿を思い出す。

「わたくしが、擦っても出るのね」

「……はい」

ルイスの肉棒の先端から、子種がどんなふうに出るのか……見てみたい欲求がある。

けれど妊娠を諦めたわけではなく、薬湯を飲み、妊活をしているのだ。幾度も交合し試してみたほうがよいだろう。そして何より――アデルはルイスを、体の一番奥で感じたかった。

「出そうなら、もう、入れる？」

「……大丈夫なのですか」

「平気よ」

アデルは彼のために足を開いた。

ルイスが手慣れた様子で、それを取り出す。

勇ましく、上を向いていて、つるりとした紅色の先端が少しだけ……濡れているように見えた。

アデルの秘処に先端部が触れる。

「……ッ」

めり込んでいく感覚に、息を呑む。

ルイスの体を触っているうちに、そこの部分に濡れた感覚があった。しかしまだ挿入するには準備が足りなかったのか……鈍い痛みがした。

身を強ばらせたアデルに気づき、ルイスは挿入をやめる。

「……大丈夫よ。ちょっとだけ痛かったけど……すぐに慣れるわ……んっ、ル、ルイスッ」

アデルを見下ろしていたルイスは、顔を険しくさせたまま体をずらし、身を屈めた。

「……やめっ……あっ……ん」

アデルの開いた足の間に、顔をうずめたかと思うと――その部分におかしな感触がする。

指とも陰茎とも違う。ぬるぬるしたものが、アデルのそこに触れている。

「あぁっ……やっ」

開かれた割れ目。火照ったそこをにゅるにゅると何かが這う。

痛んだ部分を、あやすように触れられていると、そこがヒクヒクと蠢いて、とろりと蜜が漏れた。

指の愛撫とは違う。初めて味わう濃厚な感触は、恥ずかしいくらいに気持ちがよい。

ぴちゃぴちゃ、という音が寝室に響いて――アデルはその部分をルイスに舐められている、と気づいた。

「ルイスッ……だめっ……だめ、そんなとこ、きたない」

排泄《はいせつ》器官でもあるそこに、口づけされているなんて。

ルイスにおかしなことをさせ、気持ちよくなっていることが恥ずかしくなる。

口淫を阻もうとするけれど、腰と足を摑まれていて、顔を振ることしかできなかった。

「汚くなど……ないです……ああ、ここ、こんなふうになっているのですね……」

「っ……やっ……あっ、んんっ」

間近で見られているのを意識すると、なぜかそこがさらに甘く疼いた。

そんな自分に動揺していたら、一番敏感な快楽の芯に、ぬめぬめが這ってきた。

「やぁっ……そこ、あんっ」

甘く激しい快楽に、頭の奥がじんと痺れる。

「だめっ……ひっ、あっ、あっ」

ルイスから絶え間なく与えられる刺激に、口から、おかしな声が出てしまう。

お尻がびくびくと震え始めた。

そして——チュッと快楽の芯に吸いつかれる。アデルは足先まで、ぐんっと力が入った。

体の奥がぎゅうぅと縮こまる感覚がする。

今まで味わったことがない鮮烈な悦楽に、アデルはしばらくの間、体をビクビク震わせていた。

「……アデル様」

そこから顔を上げたルイスが、心配げにアデルの顔を覗き込み、髪を撫でる。

「お、お前……なんてことを……」

「お嫌でしたか?」

「お嫌……お嫌とかではなく……あんなとこを、舐めるとか……おかしいでしょう」

「……されるのは、初めてですか？」

「あ、当たり前じゃない……あのようなこと」

元夫との交わりで、あのような真似をされた経験は一度もなかった。

潤滑油をまぶした指でほぐされ、挿入される中で、これが快楽なのだろう、と感じることはあった。

ルイスとの初夜のときにも、達してはいた。けれど、先ほどのような激しい悦びは、初めてだった。

あんなところに口づけされて悦ぶなど、変態の仲間入りをしたようで少し怖い。

「……夫婦間の前戯の方法のひとつとして、あるものです。おかしなことではありません」

皆あのような恥ずかしい行為をしているのかと驚くけれど、確かに指でされるのとは違った気持ちよさがあった。

「……お前も、誰かにしたの？」

アデルに責める権利などないのだが、慣れた感じだったので、気になって訊ねた。

ルイスは首を横に振る。

「アデル様が初めてです。……騎士仲間が喋っているのを耳にして……あなたを気持ちよくさせることができて、よかったです」

「そ、そう……」

「気持ちよくなかったですか?」

「気持ちはよかったわ。でも、あれは、すごく恥ずかしい」

気持ちよいけれど恥ずかしい。いや、気持ちがよすぎて恥ずかしい。

「恥ずかしがるあなたも、可愛らしかったです。……挿入しても大丈夫ですか」

頬を赤らめてルイスが聞いてくる。

「……いいわ」

頷くと、ルイスはアデルの頬に口づけを軽く落とした。

そうして、再び足を抱え上げる。

舌での愛撫を受けたそこは熱く火照ったままだった。

硬いものをあてがわれ、ぐっと入り込んできても、先ほどとは違い痛みはない。

アデルに痛みを感じさせないために舐めてくれたのだ。

それに気づくと、愛おしさが込み上げてくる。

「っ……アデル様っ……締めつけないで」

意識して締めつけたわけではない。体が自然に反応したのだ。

「ご、ごめんなさい……んっ……でも、勝手に、ぎゅううって、なっちゃうの……」

「っ……」

ルイスは眉を寄せ、唇を噛む。

「ルイス?」

「……ふっ……大丈夫です」

何が大丈夫だというのか。よくわからないけれど、ルイスは動かず、深呼吸をしている。

「……動いてもよろしいですか?」

「え、ええ……んっ」

アデルが返事をすると、ゆっくりとルイスが律動を始めた。

「あっ、んっんっ……」

ルイスの大きく硬いものが、熱くなったそこを突く。自分の内部が、うねうねとルイスに絡みつき、奥からとろんと溢れ出すような感覚がする。

ずんずん、と何度が揺らされたあと——。

「アデルさまっ……」

ルイスが切羽詰まった声でアデルの名を呼んだ。

アデルが腕を伸ばし彼を抱き寄せようとすると、ルイスもまた、きつくアデルの体を抱き締めた。

自分の一番奥にルイスがいる。

ぴったりと体が重なり合い、その悦びに震えていると、じわりと熱いものがアデルの奥を濡らした。

◆◇◆

「……アデル様？」

交わったまま、ルイスが柔らかな髪に顔を埋めて息を整えていると、スウスウと小さな寝息が聞こえ始めた。

体を起こして彼女の顔を見る。アデルは目を閉じ、唇を緩めていた。どうやら――眠ってしまったらしい。

避妊薬の件を知り、心身ともに疲れていたのだろう。だというのに、自分を受け入れてくれたことを嬉しく思った。

ルイスはゆっくりとアデルの中にいた己を抜く。

「……んっ」

軽く呻いたものの、アデルが目を開ける気配はない。

開かせた足の合間に視線を落とすと、自身のかたちに拡がったそこが戦慄《わなな》き、とろりと白濁を零し窄《すぼ》まった。

淫靡な光景に、射精したばかりの己に熱が宿る。

彼女に再び襲いかかってしまいそうになるのを叱咤し、深呼吸を繰り返した。

アデルは寝たら起こすようにと言っていたが、やはりこんな愛らしい顔をして眠るアデルを起こすなどできるわけがなかった。

衣服を整えたルイスは、一度主寝室を出て、温水で濡らした布と新しいナイトドレスを用意して戻った。

眠るアデルの体を手早く拭いて、ナイトドレスを着せた。

白い柔らかな生地のナイトドレスは、騎士団長から結婚祝いにもらったものだ。――正直、なぜ他の男からの贈り物を、それもナイトドレスを妻に着せねばならないのか。もっと相応しい贈り物があるだろうと疑問に思いもしたが、数々の女と浮名を流しているだけのことはあり、騎士団長の選んだナイトドレスはシンプルだったがアデルによく似合っていた。

(明日……団長に礼を言わないと。それから陛下にも謝らなければ)

彼が何を言ったのかわからないが、教会で騎士団長に会ったから、今夜彼女は戻ってきてくれたのだろう。

ルイスの気持ちを汲《く》み取ったせいで、アデルに恨まれてしまった国王。そして迷惑をかけた王妃にも謝罪せねばならない。

あの日の午後。

王都の巡回業務を終えて王宮に戻ったルイスは、呼び出されて国王の執務室に向かった。

騎士団長が非番なため、騎士団の話だとばかり思っていたのだが、執務室には王の他に王妃が同席していた。

二人とも沈んだ渋い顔をしていたため、話を切り出される前にアデルのことだと気づいた。

うっかりアデルに話してしまったとルイスに謝ってくる王妃に、内心では腹を立てた。

釈明し宥《なだ》めるつもりだったのに怒らせてしまったと、曇った顔で反省している王に、いったい何を言ったのだと苛立った。

アデルに教えるべきだと王妃からは何度も忠告されていたし、彼女が避妊薬の副作用のことを知らないとわかったとき、王はアデルに説明し謝りたいと言った。それを止めたのはルイスであった。腹立ちや苛立ちが八つ当たりにすぎなく、全部自分が蒔《ま》いた種だとわかってはいたが……彼女のためだと言いながら、自分が一番彼女を傷つけてしまったと認めるのが怖かった。

『しばらく一人で……考える時間が必要なのだろう』

彼女に会いに行こうとするルイスを引き止め、王が言う。

考えた先に待つものがなんなのか。考えたくもなかった――。

アデルと再会した日。

『叶うなら、お前の子どもが欲しい』

そう言われたときルイスは、避妊薬の副作用の件を知ったうえで、彼女は子を望んでいるのだと思った。

王妃が言っていたように、アデルは弱くないし、己の身を可哀想だと言って嘆くような女性でもない。

彼女の強さが眩しく、それでもなお自分との子を願ってくれることが単純に嬉しかった。

しかし初夜のあと、アデルは子どもができてるかしらと当然のように口にした。もしかしたらと思い王に確認すると、彼女が何も知らなかったと判明して――本来ならそこで彼女に話すべきだったのに、ルイスは途端に怖くなってしまった。

アデルを失いたくない。この幸せな日々を壊したくない。

知れば、彼女はルイスに負い目のようなものを感じ、距離を置き、自分のもとから離れていくかもしれない。

諦めた恋だった。彼女の幸せを祈ることだけが、ルイスに許された愛し方だったというのに。

自分のもとへの降嫁が決まり、彼女の初恋が自分であったと知った。それだけでなく、彼女の肌に触れた。手に入るはずのないものを得て、ルイスは欲深くなり、同時に臆病になってしまっていた。

アデルは避妊薬を常用していなかったので副作用の心配はないであろう。

そう王妃に聞いてからは、余計な心配をさせずにすんだのだと、自分の判断が正しいとさえ思った。

悩ませる必要などない。アデルのためだと言い訳しながら、本当は自分のことしか考えていなかった。

(そのくせ自分本位にもなりきれず、彼女に触れられずにいて……)

結婚したのに共寝しない夫など捨てられても仕方がない。

ルイスは眠るアデルの傍に横たわり、起こさないよう気をつけながら髪を撫でた。

申し訳なさでいっぱいになりながらも、それでもこうして傍にいてくれるのが嬉しかった。

この先もきっと、彼女が言っていたように、行き違いや勘違いがあり、ときには喧嘩もするだろう。けれどその都度、きちんと話し合い、自分の想いを正直に伝えなければならない。

「……申し訳ありませんでした。……愛しています。アデル様」

起きている彼女に告げるのは、少々恥ずかしい言葉を口にしたのだが、言い終わるのと同時にアデルの目がぱちりと開いた。

「そういうことは起きているときに言わないと駄目よ」

「……起きていらしたのですか」

「今、起きたの……でも、きちんと聞こえなかったから、もう一度言って」

心で想っている言葉を口にするだけである。躊躇うことなどないのだが、じっと凝視されていると言いづらい。

「また今度、言います」

「今度とはいつ？　明日の朝？　それとも夜？」

じとりと睨みながら、唇を尖らせているアデルも、可愛らしい。ルイスはそっとその唇を奪った。

そして長い口づけのあと、蕩けた双眸でルイスを見つめる彼女に、愛の言葉を告げた。

◆◇◆

次の日も、次の次の日も。またその次の日も。

ルイスはアデルを執拗に愛した。

何度も何度も、果ててもなおアデルを求めた。そうして、寝室に監禁し始めた。

アデルは鎖に繋がれ、性欲の権化となったルイスの奴隷雌犬。ルイスをご主人様と呼ぶよう躾《しつ》けられた。

主従逆転物語の始まりである。

——などということはなく、ルイスは四日に一度、アデルと交わることにしたようだ。

なぜ四日に一度なのか訊ねたら、それが新婚の平均的な回数なのだという答えが返ってきた。

人それぞれ。夫婦それぞれのような気もするけれど、アデルはともかく、ルイスには仕事がある。

性生活で疲れ果てさせるのも悪い気がするので、ルイスが決めたのならば従うことにした。

くっついて寝ていると、まれに四日の決まりが反故《ほご》になり、求められることもあったけれども。

あれから、兄とは仲直りした。

アデルが自身の失言を詫びると、兄もまたアデルの気持ちを慮《おもんぱか》らなかったと頭を下げた。

そして少し早かったけれど、仲直りの記念として、アデルは兄に誕生日の贈り物を渡した。

『……アデル、これはなんだ……』

『ルイスに殿方がもらって喜ぶものを聞いたのです』

『ローマイア。お前が薦めたのか……』

『いえ……私は……』

兄はアデルの隣に立つルイスを睨んだ。ルイスは兄からそっと目を逸らすように俯く。

『ルイスは必要としているものや、欲しいものをもらったら嬉しいと、そう言いました』

アデルは兄の欲しがっているものがなんなのか、しっかり考えた。そして兄にとって一番必要なものに思い至った。

休日、ルイスと一緒に出かけたアデルは、目当てのものを吟味し購入した。

兄は絶対喜んでくれるに違いないと思っていたのだが、いまいち反応が悪い。

『お兄様が必要としていて、喉から手が出るほど欲しがっているものを選んだのですけれど』

『……ローマイア……』

兄はなぜか、むすりとした顔でルイスを睨み続けている。

『……申し訳ございません』

『どうしてルイスが謝るのです……お兄様、わたくしの贈り物がお気に召さないのですね……ごめんなさい。別のものを用意します』

在りし日の兄の姿を思い出し、それに近いものを選んだ。しかしもっとふさふさだったり、長かったり、キンキラしたもののほうがよかったのかもしれない。

『お若かった頃のお兄様を懐かしく思い、きっと今のお兄様にもお似合いになると思ってこれにしたのだけれど……』

すごく残念である。声を沈ませ言うと、兄は慌てた。

『いや、違う。違うのだ、アデル』

『でも……気に入らなかったから、怒っていらっしゃるのでしょう』

『怒ってなどいない。気に……入っている』

『本当ですか？　なら被ってくださいませ！』

兄は、うっと一瞬息を詰め、おずおずと手にしていたカツラを被った。

『まあ！　昔のお兄様が戻ってきたみたい！』

八年前、別れた頃の兄のようだ。兄が若返り、アデルは感激した。

『……ローマイア。笑いたければ笑えばよい』

『いえ……申し訳、ございません』

なぜかルイスがずっと兄から目を逸らしていたのが気になったけれど、兄妹の仲はわだかまりを解消し、以前より深まったように思う。


アデルは侍医の助言を受け、食事に気をつけるようになった。

薬湯も飲み続け、義姉とともに健康体操などもした。

そして、時は瞬く間に過ぎていった――。

終章

その後は大変な出来事の連続であった。

なんと、ルイスが異世界に召喚されてしまったのである。

アデルはルイスの行方を突き止め、召喚術を取得した。そして夫を探しに異世界へ行く。

ルイスは異世界で勇者になっていた。そして妻であるアデルのことを見切り、八人もの女の子と婚姻し、一夫多妻を満喫していたのだ。

黒髪長髪の色白天然美人と、金髪巨乳の小悪魔系美人。それに銀髪紫目の妖精風眼鏡美人。あとはそう、幼女と幼馴染みの子と、近所に住む年上のお姉さんと、男の子みたいな女の子とか。

アデルは癒やし系平凡女の称号で、彼女らと戦い、再びルイスの正妻の座を手に入れるため、あれやこれや画策をするのだ。


「何を読んでいるのですか？」

伯爵邸の庭。畑の前にあるベンチで本を読んでいると、背後から声がした。

紺色の騎士服を纏った長身で端整な顔立ちの男が、こちらへ歩いてきていた。

異世界に召喚され、一夫多妻を満喫していた男……だったりはしない。

妻に一途な可愛い夫である。

「部屋におられなかったので、心配しました」

結婚して八か月が過ぎていた。

最近、ルイスは二人のとき限定だけれど、柔らかな笑みを頻繁に浮かべるようになった。

優しげな瞳で見つめられ、アデルも顔を綻ばせる。

「今日は早いのね。お迎えができなかったわ」

「式典警護の予定は、急遽日程が変更になりました」

ルイスは横に腰を下ろすと、アデルの栗色の髪をひと房すくい、指でくるくると絡ませて弄り始めた。

数か月前から、傍にいるときはこうして髪に触れてくるようになった。

癖になってしまっているみたいだ。

「後日正式に連絡はくるでしょうが、王妃殿下が懐妊されたようです」

「まあ、四人目ね。我が王家も安泰だわ……いとこになるのね。年も近いし仲良くしてくれるかしら」

妊活体操をするアデルに義姉も付き合ってくれていた。その効果なのだろうか。

アデルは読んでいた本を膝の上に置き、僅かに膨らみ始めたお腹を撫でた。

ルイスは一人目は栗色の髪の女の子がよいという。アデルは黒髪の男の子がよいけれど、健康に産まれてきてくれるならどちらでも嬉しい。

ルイスが膝に手を伸ばしてくる。

妊娠が判明してからは、男女の行為はしていなかった。

欲望が抑えきれなくなっているのだろうか。いくら夫婦でも真昼間から不埒な行為をする気にはなれない。

なんて獣な夫なの、と思っていたのだけれど。

「どこで、これを?」

夫の不埒な手は、アデルではなく膝の上に置いていた本に触れた。

「この前、夕飯に団長さんを招いたでしょう? あのときに、何冊かいただいた中のひとつよ」

騎士団長とは読書仲間になっていた。お薦め本を貸し合ったり、贈り合ったりしている。

彼は恋愛小説が好きだと言っていたが、他にも怖い話やほのぼの系など、様々な本を読んでいた。

アデルも彼の影響で、普段読まないような小説を読むようになった。特に男性向けは義姉も読んだりしない種類の小説なので新鮮だった。

「……おれの妻になんてものを渡すんだ。あの人は」

「面白いのよ。一人の男性が、たくさんの女性と関係を持つの」

「こんないかがわしい本は読まないでください」

最近騎士団の若い人たちの間で流行《はや》っているという、男性向けの恋愛小説である。

異世界から召喚された主人公の男の人には、本命らしき女の人が何人もいる。

何人もいるから、物語の中だけではなく読者の間でも、その本命の座を巡って熾烈《しれつ》な争いが起きているらしい。

一夫一妻精神のルイスには、いかがわしく感じるのだろうか。

アデルもルイス一人で手いっぱいだ。彼が傍にいるだけで胸もいっぱいになるので、夫は一人で充分である。

「女性向けの恋愛小説では男心は学べないもの。これには殿方の本音が書いてあるそうなの。夜のことの参考にもできるわ」

「参考にしないでください」

「でも、今、わたくし妊娠中だから夜のことができないでしょう。だから、いろんな方法を試して、ルイスの子種管理をしないと。わたくし、知らなかったのです。お口で……んっ」

顎を軽く摑まれて、口づけをされる。

舌を絡ませる濃厚なものではなく、昼間なので唇を触れ合わせるだけの軽い口づけだった。

「わたくしの言おうとしていることを口づけで阻むのは、やめて欲しいわ」

ルイスはここ最近、アデルが何か彼にとって都合の悪いことを言おうとすると唇を重ねてくるようになった。口づけは嬉しいし、些細なことを阻まれるだけなので、本気で怒りはしないけれど。

「アデル様がおかしなことを言うから悪いのです」

「おかしなことではないわ。夫の性欲を満たすのは妻の役目でしょう？　妻が妊娠中は交合ができないので、夫の浮気心が騒ぐそうです。わたくし、男心を学んで、ルイスが浮気しないように頑張りたいの」

「おれは浮気はしません」

皆、最初はそう言う。けれど時が経つごとに年を重ねる妻に嫌気が差し、若い女に走るのだ。

ルイスは険しい顔をしていたが、初めて見る、皮肉げとは少し違う意地の悪いような顔をした。

「この本は団長の男心です。これは団長の理想とすることが書いてあります。おれの男心ではありません」

「……そうね。そうかもしれないわ」

恋愛小説といっても様々だ。男性向け、女性向けでも違うし、若い人向けと少しお年を召した淑女向けもある。人によって好みも分かれるであろう。

一妻多夫の境遇に興奮する人もいれば、一人の男にとにかく溺愛されるのがよい人もいる。

年上好きもいれば、年下好きもいる。

病み気味に愛されているのが好きな人。結ばれるまでのすれ違いを楽しみたい人。純愛好き、あるいは悲恋が好きな人――。

皆、それぞれ。

現実では罪深かったりすることもあるけれど、物語だからこそ許されることもあって。

だから様々な嗜好を空想の世界で満たすために、物語があるのだろう。

「今度、おれの男心に近い本を探して、お渡しします。それを参考にしてください」

「わかったわ」

よく考えたら、そんな遠回しなことをしなくても、ルイスから直接聞けばよいのではないかと思う。

しかしなぜかルイスがご機嫌になって。いつになく声を弾ませている感じがして。

ルイスの嗜好がどんなものなのかも興味があったので、アデルは深く考えないことにした。

「そうだ、これを」

ルイスはふと思い出したかのように、ポケットから何かを取り出した。

手を開いてアデルに見せる。彼の掌の上には小さく膨らんだ黄緑色の花の実があった。

「覚えていますか？　おれが見習い騎士だった頃、孤児院にお供したときに、願いが叶うかどうか試したでしょう？　道脇に実がなっているのを見つけて、懐かしくて。あなたに見せようと摘んできました」

アデルは彼から花の実を受け取る。

「まあ」

身長が低く、ツンと澄ましていたルイスを思い出し、アデルは頬を緩める。

「ルイスが祈った通り、ライツヘルドは繁栄しているわね」

「あなたが願ってくださったから、おれの背も伸びました」

アデルは、掌の上で花の実を転がしながら目を細める。

「まあ……。本当に……願いが叶ったわ」

あの日、アデルはひとつのことを願った。

願いが叶わない場合は緑の種。叶うときは茶色い種が出てくる。

アデルはきっと緑の種が出てくると思っていた。けれど出てきたのは茶色い種で——自身の願いが決して叶わぬことを知っていたアデルは素直に喜べなかった。

「わたくし、あのとき……背のことを本当は願っていなかったの。お前と……ルイスとずっと一緒にいられますようにと願ったのよ」

叶わなかったはずの願いなのに。時が巡り、こうして彼の隣にいる。子ども騙しのお遊びだと思っていたのを撤回しなければならない。

「また何かを願ってみたいけれど……信憑性《しんぴょうせい》が高まったぶん、どうでもよいことにしないと」

大事なことを願い緑の種が出てきたら、悲しくなりそうだ。

（家庭菜園の野菜が害虫に食べられず、大きく育ちますようにとか。いえ、育たなかったら困るわ）

「今晩の夕食とかにしようかしら。わたくし、人参スープが飲みたいわ。……ルイス？」

ルイスがアデルの肩に顔を寄せる。

「……どうかしたの？」

「……少しの間、このままでいさせてください」

「いいけれど……。もしかして泣いているの？」

妙に掠れた震え声だったので、アデルは驚く。

「泣くほど、人参が嫌いなのね。でもルイス、お父様になるのだから、好き嫌いは直さないと駄目よ。……でも今晩だけはルイスの好きなハンバーグにしましょうか」

今度、野菜嫌いを克服する料理について、マーサに訊ねてみようとアデルは思う。

少女の頃、夢見ていたことがたくさんあった。

新大陸を発見する冒険家や、魔王を倒す勇者にはなれなかった。恋敵と熾烈な戦いを繰り広げる令嬢にもなれなかったし、魔法も使えない。

けれど、大国の側室として後宮生活を送ることができたし、愛する人の妻になることもできた。

そして、無事出産を終えれば母にもなれる。

今も多くの夢がある。そのうちのいくつかは夢のままで終わるだろうが、叶うことができる夢もあるだろう。

（ルイスが人参を好きになりますように）

夕飯はハンバーグという希望は、マーサに頼めば確実なので、別のささやかな願いを心に乗せる。

愛しい夫の温《ぬく》もりを肩に感じながら、アデルは小さな花の実の種を取り出した。

出戻り(元)王女と一途な騎士

番外編＆後日談

番外編　琥珀の耳飾り

「ルイス・バトリーに用があるので、わたくしの部屋に来るよう伝えてください」

ライツヘルドの騎士団長テオ・トラウゴットは、自国の王女に頼み事をされ、思わず顔を歪めてしまった。

先日、王太子からこの王女が側室として大国に嫁ぐことが決まったと、聞かされていたからだ。

王女がルイスを呼ぶ。なんのために呼ぶのか。

疑問に思うと、王女を止めるべきか、それともルイスに王女が呼んでいると教えないべきか考えてしまった。

そんなテオの迷いに気づいたのか、王女は『すぐに返しますから』と付け足した。

安堵するのと同時に、物わかりのよい王女を哀れにも思った。

そして、王女のところへ向かい、しばらくして戻ってきたルイスの平静を装う顔を見て、同じことを思った。

若気の至りで逃避行を試みる……まではいかなくても、泣いたり落ち込んでくれたほうが、見ている側としては楽だった。

年齢の割に聞き分けのよい二人に、テオは切ない気持ちになった。

ルイスはバトリー男爵家の次男ではあったが、男爵が浮気相手に産ませた子どもだった。男爵夫人が不義の子を愛すはずもなく、男爵家ではずいぶんひどい扱いを受けていたらしい。

もともと武芸ごとに秀でた家系なので、跡取り以外の男子は騎士団に入れる予定であった。しかし規定より若い年齢で入団したのは、孫を哀れんだ祖父の計らいだったという。

無口な少年は自身の不遇を口に出して嘆き悲しむことはなかったが、年齢にぞくわぬ達観した落ち着いた態度は、彼の不幸な幼少時代をテオに想像させた。

そして――孤独な少年は天真爛漫《らんまん》な王女に出会う。

少年の瞳には、あの陽だまりのような王女は眩しかったに違いない。

惹かれずにはいられなかったのだろう。

王女が大国に嫁いでから、少年は変わった。

よい変化にも見えたが、危うい変化のようにも感じられた。

以前以上の熱心さで、騎士の規律を遵守し、体を鍛え、勉学にも励んでいた。

異例の若さで騎士見習いから正式な騎士へ昇格してからも、少年は何かに追い立てられるがごとく功績に執着した。

他国との関係は良好だ。戦争に駆り出されたり、政権争いもないので命をかけての護衛などもない。

主な騎士の仕事は王宮の警衛や王族の警護。

王都での犯罪の取り締まりや、時として辺境での山賊集団の捕縛などもあった。

ルイスはその中で、安全な仕事は断り、誰もが嫌がりそうな危ない仕事を選んでいるようだった。

危険な仕事は持ち回りが基本だ。

騎士の規律を乱すなと叱り、ずっと気にかかっていた『頑張りすぎ』のことにも言及した。

ルイスは目を伏せて、『この国一番の剣士になりたい』と。『あの方の兄と国と民を守る立派な騎士になりたいのだ』、『王女が望んだことを叶えたいのだ』と、そう言った。

テオは王女を恨んだ。

彼女はルイスのために、彼の拠《よ》り所となる言葉を残したのかもしれないが、テオにはそれが呪縛のように思えたのだ。


幾度も季節が過ぎ去っていき、ルイスの背はみるみる伸びて、ついにはテオと並んでしまった。

顔つきも少年らしさは削《そ》げるようになくなっていき、端整な女好きするような色男に育った。

彼目的で騎士団の訓練をわざわざ見に来る女もいるというのに、本人は全く見向きもしなかった。

あんまり女っ気がないので、任務だと騙し、娼館《しょうかん》に連れていったことがあった。

もしかして殺されちゃうかな、と思うくらいブチ切れられた。

どんなにお前が頑張ったって、どうしようもないこともある。

諦めも肝心だ。

お姫様もお前のことなんて忘れてる。

お姫様のことを想うなら、お前も幸せになれ。

付き合っているうちに情が芽生え、好きになる場合もあるから、とりあえず手当たり次第、付き合ってしまえ。

などと、テオはルイスに王女への未練を断ち切らせようと、彼にとっては余計なお世話だろうことを言って聞かせた。

そんなある日。

酒を飲んだことがないというルイスを酒場に連れていき、いつものように言って聞かせていると、

「団長は好きな食べ物ってありますか」と聞いてきた。

ちょうど手にしたグラスを掲げ、「酒だ、酒がないと俺は生きていけない」と答えた。

「酒が好きなのに、明日から酒を嫌いになれって言われても困るでしょう。明日から酒ではなく紅茶を飲めって言われても戸惑うでしょう。……おれはハンバーグが好きなんです。一生、毎日、ハンバーグだけでいいんです。ハンバーグだけあったら、何もいらないんです。ハンバーグが食べたいんです」

いや、一生、毎日ハンバーグはいくら好きでもさすがに飽きるだろう。

そう言おうと口を開きかけると、いつの間にか、完全な酔っ払いになっていたルイスが、ハンバ

ーグを連呼し出した。

そして「ハンバーグ！」と絶叫を始めたので、慌てて店を連れ出した。寄宿舎へと帰る途中も、いくら静かにしろと宥めても、ずっと「ハンバーグハンバーグ」と騒いでいた。

テオはもう二度と、ルイスとは酒を飲まないことを誓った。

諦めたほうが彼のためだとは思う。

だが、諦められるものなら、最初から身分違いの恋などしないだろう。

ルイスよりもテオのほうが折れた。

好きなだけ想えばよいと思った。

永遠の想いなど、幻想のようなものだ。

この先、新しい出会いがあったなら、あっさりそちらに心変わりすることだってあるのだから。


あれはいつ頃だっただろう。

隣に位置する同盟国に王が外交として訪問し、護衛として付き従ったときだ。

妹たちと妻をこよなく愛する王が、久しぶりに同盟国の王太子妃になっている二番目の王女と会い、機嫌が特によかった日。

せっかくだから気晴らししてこいと、自由時間をもらった。

もちろん国の品位を落とす真似はしてはならない。

適当に街を見て回り、仲間や、店の贔屓《ひいき》の女の子に土産を買った。

ふらふら歩き回っていると、同じように街に出ていたルイスが露店で何かを買っているところに出くわした。

露店といっても、高価なものばかり取り扱っていて、見たことのないような珍しい宝石などもあった。

どれも結構な、なかなかの値段がした。

「おい、何買ったんだ？」

「……耳飾りです」

彼が店主から、イヤリングを受け取っていた。

まさか自分用ではないだろう。

しばらく、この男の女関係に関心を向けていなかったので知らなかったが、新しい出会いがあったのかもしれない。

安堵したような気持ちになりながら、男の手の中のイヤリングを注視する。

イヤリングについている飴色に輝く琥珀。

そしてそれを大事そうに見つめる――琥珀の石を切なげに見つめる男の姿に、何を想い、誰を想って、購入したのか察した。

「……お前な、渡せもしないもの買ってどうするんだ……」

「いつか……故国であるライツヘルドに立ち寄られることがあるかもしれません。その日を夢に見ることくらいは許されるでしょう」

なんて哀れで、一途な男なのだろう。

男を馬鹿にすることはもちろん、『諦めろ』とも言えなかった。

ただ、いつか、このイヤリングをお姫様が手にする。

彼の一途な純情の証《あかし》が、王女に届けばいい。

そんなことを願わずにはいられなかった。


季節が巡り――。

国境の諍いを収めたことが評価され、ルイスは国王から伯爵位を賜り、副団長に任じられた。

今まで身分を理由に見向きもしなかった貴族の令嬢さえもが、ルイスの妻の座を狙い始めた。

それによりルイスは以前以上に、女性を遠ざけるようになるという悪循環が生まれた。

そしてまた季節が変わり、過ぎていき、テオは大国の王が亡くなり、側室として嫁いでいた第三王女が帰国する話を聞いた。

国王から内々に知らされたテオは、すぐにそのことをルイスに伝えた。

王は王女が了承すれば降嫁を認めると言った。

後日、紅潮して、なぜか目も赤いルイスから、降嫁が決まったと教えられ、テオはいたく感動した。

「しつこく想い続ければ、願いって叶うものなんだな……」

心の底からそう思い、しみじみと口にした。

二人のお披露目を兼ねた夜会に出席したテオは、下手くそなダンスを遠くから眺めた。

ここ数日、新人の団員にダンス相手になってもらい猛特訓をしていたが、あまり効果はなかったようだ。人前、そして愛おしいお姫様相手に緊張しているのか、練習時よりもひどい有様だ。

物覚えがよく、なんでもそつなくこなす。いつもスカしている男のらしくない姿を見るのは新鮮だった。

その後、ルイスはどこかの貴族にいちゃもんをつけられていたが、姫の機転で乗りきった。しかし本人的には、ダンスが上手く踊れなかったうえに、何もできず姫に庇われたのが悔しかったのだろう。庭の花壇の前で座り込み、落ち込んでいた。

人間の欲望には際限がない。

何かを得たら、もっとと欲張りになる。

贈り物を渡せればそれでよいと言っていた男が、お姫様の婚約者となり夫となる。それだけでは飽き足らず、格好のよいところを見せたいと思い、愛され、頼りにされたいと願う。

諦めることしかできなかった男が『欲』を抱いた。

その奇跡がテオには眩しく感じられた。

うじうじ落ち込んでいる男を残してバルコニーで涼んでいると、一人の淑女が現れた。

成人女性だというのに少女のようなあどけなさを残した、栗色の髪のお姫様だ。

テオは彼女の耳にぶら下がっているものを見て、一瞬、胸が詰まった。
男の一途な純情の証が彼女の耳で輝いていた。
彼の想いは何年もの時を経て、彼女に届いたのだ。
年甲斐もなく、テオは男泣きしてしまいそうになるのを、ぐっと堪えた。

後日談　一途な騎士

王宮の敷地内の一角には、騎士専用の寄宿舎があった。その一室に向かったルイスは、ノックもせず扉を開けた。

ベッドには、ゴウゴウと獣のような鼾《いびき》をかき眠っている男がいる。ルイスは足を振り上げ、その男の大腿《だいたい》を靴を履いたままの踵《かかと》で踏みつけた。

「ぐおっ。おっ？　っ……痛《いて》え。痛いって……って。ルイスッ、何しやがるっ」

「おれの妻に、おかしな本を渡さないでください」

眠りこけていた熊——テオ・トラウゴットが体を庇うようにして半身を起こす。

彼はライツヘルドの王宮騎士団の団長であり、ルイスの上司だ。

それなりの年齢で、地位も金もあるのに、独身を理由に寄宿舎暮らしを続ける変わり者だった。

「おかしな本って……ああ」

ニヤつくテオに、ルイスは眉間の皺を深くさせ、手にしていた本を投げつけた。

本を受け止めたテオは軽く肩を竦めた。

「そう怒るなよ。男向けの小説が読みたいって、お姫様からお願いされたんだぞ」

「だからって、こんな卑猥な本を渡すことはないでしょう」

「卑猥って……男向けではあるが普通の恋愛小説だ。……まあ多少、官能的な描写もあるが」

「……多少？　これのどこが多少なのです」

騎士団員の中で流行っていたので、ある程度の内容は知ってはいた。しかし、ここまでいかがわしい、あからさまな性描写があるとは思っていなかった。

妻がテオから借りていた本の中身を、返す前に確認して、ルイスは驚いてしまった。

「彼女にこんなものを読ますなんて」

「閨で参考になる本を貸してくれって、アデル様が頼んできたんだから仕方がないだろう……で、どう？　参考にして、いろいろと挑戦した？」

「おれの妻でおかしな妄想をしないでください。おれの妻と仲良くしないでください」

「粘着質なうえに心が狭いとか。結婚して半年以上経つんだぞ。余裕を持ってさ。どんと構えとけよ」

余裕を持って、構えるなんて無理だ。

結婚してしばらくすれば、満ち足りた日々に慣れると思っていたが、いつも傍に愛おしい人がいる。手を伸ばせば届く距離にいるのだ。落ち着けるはずがない。

『わたくし、あのとき……背のことを本当は願っていなかったの。お前と……ルイスとずっと一緒にいられますようにと願ったのよ』

先日もふいにそう言われ、溢れ出す感情を止めることができなかった。

願いが叶ったと、懐かしそうに瞳を細めて微笑む彼女が愛おしくて堪らない。

「……俺の前で切ない顔をしないでくれる？　でもまあ……よかったな」

「……はい」

妙にしんみりとした口調で『よかった』と言われたので、ルイスは素直にテオの言葉を受け入れた。

彼はルイスのこの八年間の狂おしいまでの恋心を、おそらく一番よく知る人物だった。

「でも、正直なところさ。上手くいくとはカケラも思っていなかった。今さらだけど、何度もしつこいくらい諦めろって言って悪かったよ。俺の言葉通り諦めてたらって思うと、今頃悲惨なことになってそうでぞっとする。ホント、よかったよ」

「おれがあなたでも諦めろって言っていただろうから、別に気にしてません」

女性と関わりを持とうとしないルイスの将来を心配して、彼が諦めるよう助言したのだと、あの頃だってわかっていた。

しかし一度、騙されて娼館に連れていかれたことがあった。

四年も前の出来事だ。すぐに逃げたので、何もしていないしされてもいない。いつまでも恨んでいても仕方がないとはわかっていたが、未だに根に持っていた。

「奇跡みたいなことだよな。お姫様を大事にしろ。もう喧嘩なんかするなよ」

「……わかっています」

避妊薬に纏《まつ》わる一件で、彼に迷惑をかけていた。謝罪と礼はすぐにしたが、アデルだけでなく、王家や国交の問題に関わるため、テオには『些細な夫婦喧嘩』だと説明していた。

なんにせよ、自身の愚かな判断が招いた騒動だったのには変わりなく、反省していたルイスは真摯に頷いた。

「ところで……そういうものではなく、もっと違う恋愛小説はありませんか？」

ルイスは彼の手にしている卑猥な本を視線で示しながら言う。

テオを訪ねたのは、本を返すだけでなく、もうひとつ理由があった。

「は？」

「過激なものではなく、新婚的なものです」

テオは読書家だ。そう広くもない室内の壁には本棚があり、隙間なくみっしりと本が埋まっている。

「題名を教えてくれたら、探しますし」

彼の蔵書の中になくとも、今までに読んだ中にルイスが目当てとする場面が描かれた小説もあるだろう。

「お前好みの本を読ませて、参考にさせるのか？　むっつりスケベめ。で、お前の好みはどういうのよ？　裸でエプロンとか、体の洗いっことかか？」

にやけた笑い顔を不快に思うが、恋愛小説には詳しくない。自分で読んで回るより、彼に聞くのが一番手っ取り早い。

「外出時と帰宅時の口づけと、膝枕がある小説を探しています」

「……お前、それくらい自分で普通にお願いしろよ……」

呆れた顔をしながらも、蔵書にあったのだろう。テオは本棚から五冊、見繕ってくれた。

五冊の本を鞄《かばん》に入れて、テオの部屋から出る。

当番制で掃除をしているため、寄宿舎は男所帯の割には清潔だ。

ルイスはアデルと婚姻する前まで、ここで暮らしていた。

二年前、国境で起こった紛争での働きを認められ、褒賞として伯爵位とともに王都にある屋敷を賜った。しかし、一人で暮らすには広い屋敷を持て余し、ルイスは家令夫婦に管理を頼み、自身は寄宿舎の一室で寝起きしていた。

まだ若いというだけで、ルイスもまたテオと同類の変わり者であった。

そして——テオと同じ年代になっても、いや、もしかしたら退団するまで、この寄宿舎で過ごすに違いないと、八か月前までルイスはそう思っていた。

寄宿舎の廊下を歩いていると一人の男と出くわす。

「ひっ！　副団長、ど、ど、どうしてこちらに」

「団長に私用だ」

洗濯物を手に抱えた小柄な騎士が、ルイスを見るなり目を丸くさせ、青ざめた。

「は、そ、そうですか。では、わたくしめは、失礼いたします」

「手伝うか？」

「いえ、結構です。全然平気です。大丈夫です」

小柄な騎士は慌てたように言い首を振ると、小走りに去っていった。

彼は以前、ダンスの練習に付き合ってもらった男である。

毎晩、立てなくなるまで付き合わせたせいか、あれ以来ルイスの顔を見ると怯えるようになってしまった。

アデルとの身長差的に彼の背丈が最適で代わりは他におらず、時間もなかったのもあって無理をさせすぎた。

申し訳ないことをしたと思っているので、ルイスなりに気に留めて話しかけるようにしているのだが、余計に怯えさせているようだ。

結婚してから、テオや他の一部の者から『丸くなった』ので、部下も取っつきやすくなるのではと言われていたが、彼の先ほどの態度からして、怖がられているのはこれからも変わらない気がする。

生まれついた性格だ。今さらテオのようにはなれはしないが、一応は副団長という責任ある立場だ。いつまでも今のまま、仲間たちから怯えられていても困るのだが。

（丸くなったというのは、性格のことではなく体型のことなのかもしれない）

そういえば幸せ太りなのか、最近腰回りが太くなった気もする。

あの日——彼女が大国に嫁ぐ前。ルイスはアデルから国一番の剣士、王と国と民のため立派な騎士になるよう言われた。

ルイスはそれまで騎士という職業に思い入れなどなかった。代々騎士の家系だからという理由で、父に命じられるまま騎士団に入団しただけだ。剣を持ち人と争うことに意味を感じたことはなく、王や国や民に対する忠誠心もなかった。

しかしあのときから、優れた騎士になるのが目標になった。

いつかアデルと再会したとき、強く立派になった姿を見せたい。そんな日が来ることを夢見て、毎日訓練し体を鍛えるようになった。

『まあ、すごいわ。よく頑張ったのね』

模擬試合のあと、アデルはルイスを褒めてくれた。

どれだけその言葉が嬉しかったか、彼女が知ることはないだろう。

アデルに褒められるという目標が達成されたから、疎かになっているわけではないのだが……独り身だったときに比べ、訓練を少々怠けてしまっていた。そのせいで、体型が緩んでいるのかもしれない。

(彼女なら……太ったところで、あまり気にしそうにないが……)

いや彼女は恋愛小説好きだ。恋愛小説には煌びやかな男が多く出てくる。ルイスは彼らに負けないくらいの男であらねばならなかった。

(もっと負荷をかけ、筋肉を鍛えなければ)

鍛えたいが彼女との時間も削りたくない。もっとも少ない時間で、効果を上げるにはどのような訓練が得策か。思案しながら、ルイスは寄宿舎を出た。

回廊を歩いていると、聞き覚えのある声に呼び止められる。

「ローマイア。ルイス・ローマイア」

ライツヘルドの国王である。ルイスはその場で、騎士の礼を取る。

横には彼の腕に手をかけている王妃がいて、その後ろには侍女が控えていた。

二人とも軽装なので、庭の散策に向かうのだろう。

「アデルは息災か？」

「はい。王妃様のご懐妊にお喜びになり、ご挨拶に伺いたいと申されておりました」

「うむ。王宮から馬車を出そう。無理をしてはならんが、部屋に閉じ籠もってばかりなのも胎教によくないという。一度顔を見せに来るとよかろう」

少し頬を紅潮させ国王が言う。

王は罪悪感もあるのだろうが、妹姫をことのほか大切に想っていた。

懐妊の気があるとルイスが伝えたとき、王は息を詰まらせた。

すぐに侍医に診せるようにと指示する声は、ひどく掠れ震えていた。

「あら、そうだわ。ルイス。私の部屋に来て。お薦めの本をアデルに渡したいの」

朗らかに微笑み王妃が言うと、王が鼻を鳴らした。

「私との散歩を取りやめ、自室に男を招くのか。感心しない」

「まあ嫉妬でございますか？　是非、陛下もご一緒してくださいませ」

王妃は愛おしげに隣にいる夫を見上げる。

王はあれから——カツラを被るようになった。

自国の薄毛だった王が、突然、隠すことなく……いや隠してはいるのだが、堂々とふさふさの被り物をするようになったせいか、ライツヘルドではカツラが薄毛の者たちの間だけでなく、お洒落《しゃれ》の一環としても流行り始めていると聞く。

初めてカツラを購入した店の店主は、アデルのおかげで繁盛していると喜んでいた。

『ルイスの髪が薄くなったら、素晴らしい一点物のカツラを作らせてもらうって言っていたわ！これで薄くなっても大丈夫ね！』

弾けるような笑顔を頭に向けられて、ルイスは少し微妙な気持ちになった。

ルイスは国王夫婦と一緒に王妃の部屋へと向かい、三冊の本を受け取る。

テオから譲り受けた本と、王妃から渡された本を鞄に詰め、屋敷に戻った。


屋敷に戻ったのは昼過ぎだった。

侍女であるマーサから、アデルは寝室で眠っていると教えられる。

「彼女は最近、よく眠るのだが……妊娠しているからだろうか？」

「それもあるかもしれませんが、奥様、もともとよく眠られるお方ですし」

食欲も旺盛だし心配しなくとも大丈夫ですよと言われる。

マーサは五人の子どもを産み、育て上げていた。彼女が言うならばと安心はしたものの、それでも寝顔を見ないと落ち着かない。

「妊娠中は旦那様の愛情が一番の特効薬ですよ。あと不安はうつりますから、旦那様は少々のことには動じず、しっかりしてくださいませ」

よほど沈んだ顔をしていたのだろうか。マーサに力強く背を叩かれた。

「奥様が起きられて、食べられるようなら果物をお持ちします。お声をおかけください」

ルイスは頷き、彼女のもとへ向かう。

自身の自室に入り、テオから借りた本だけテーブルに置いた。

これは熟読し、よく確認してから、アデルに渡さねばならない。

寝室の扉を見たルイスは、ふとあの忘れらない特別な夜の、失態と歓喜を思い出した。

（……あれさえ見られなければ……）

何度も繰り返し回想する。甘い幸福のみで彩られた素晴らしい思い出になっていた可能性を考えると、口惜しかった。

花嫁姿のアデルは愛らしく、まるで春の女神のようだった。

幸福感に酔いしれていたが、夜が近づくにつれて、あの可愛いお姫様を自分のものにできる興奮と緊張で、どうにかなってしまいそうになった。

そしていざ、そのときになり、あの扉の向こうにアデルがいるのだと思うと、我慢できなくなり――扉の向こうで待っているアデルを想像しながら、一人で処理をしてしまった。

いや、正確には処理はできなかった。扉が開き、彼女に見られてしまって、動揺と羞恥で興奮していたものは萎えてしまったのである。

ずっと想い続けてきた彼女に、失望されたに違いない。

そう思うと寝室の扉を開けるのが怖かったが、このまま離縁されるのだけは何があっても避けなければならない。

先走りの残滓《ざんし》が付着していたら困るので、手を洗ってから彼女のもとへ向かった。

そして、なかったことにしてしまおうと、戸惑いの視線を向ける彼女を強引に押し倒した。

しかしそのせいで、さらに誤解を招いてしまう。

初夜のときもだが、避妊薬の副作用の件もアデルと話し合うことをしなかったため、彼女を悩ませ苦しめてしまった。

激しく後悔したルイスは、今は彼女に隠し事をせず、話し合うように心がけていた。――秘密にしていることも、あるにはあったが……。

アデルから、決して子種を自分の中以外に出すなと、おそろしくいやらしい約束をさせられているのだが……実は隠れて処理をしていた。

初めてのときの失態を決して犯さぬように、風呂場や小用のときに処理をする。

初夜からしばらくの間、彼女に触れなかった期間はもちろん、四日に一度と決まりをもうけ性行為をしていたときも、アデルの妊娠が発覚して、今現在に至るまでルイスは小まめに隠れて処理をしていた。

処理をしているというのに、一緒のベッドで寝ていると催してしまうこともあった。

寝室を別にしようかとも考えたが、どれほど苦しく切なくとも、彼女と離れて眠るほうが耐えがたい。

ノックをするが返事がない。眠ってるのだろう。

扉を開けたルイスは、壁際にある棚に王妃から預かった本を置く。

そうしてから、天蓋付きのベッドに向かった。

日中なので少しでも暗くしたかったのか、天蓋のレースのカーテンが閉められていた。

そっと捲ると、ベッドの上で、栗色の髪をしたルイスの女神がすやすや眠っていた。

ベッドに腰をかけて、額に指を伸ばす。前髪を梳くように撫でた。

ずっと触れたかった人がここにいる。

まるで夢のような、現実だ。胸が苦しくなるくらいに幸せだった。

僅かに膨らみ始めたアデルの腹を、そっと掌で撫でた。

(この胎《はら》に、おれの……おれたちの子どもがいる——)

正直なところルイスは、アデルさえ傍にいてくれれば、それでよかった。

自分との子どもを欲しい、そう言ってくれる彼女が愛おしいだけだった。妊娠できないことで悲しむ彼女を見るのは辛《つら》く、だから子ができればよいと思っていただけだ。

そして未だに、母になりたいと願う彼女の気持ちを、心から理解している自信はない。

しかし——。

妊娠の兆候があるとアデルから知らされたとき、途方に暮れた不安な顔でもしていたのだろうか。

アデルがまるで母親のごとく慈愛に満ちた顔をして、ルイスを抱き締めてきた。

『大丈夫よ、ルイス』

以前、家族の情を知らないと彼女に告げたことがあった。

ルイスの知る父親は、いつも自分に無関心で、思い出したかのように厳しく叱責しては手を上げる、それだけの男であった。

立派な父親像を知らないルイスは、父になる自信が全くなかった。もしかしたらアデルは、そういうルイスの心の弱さを、見抜いていたのかもしれない。

子どもについては彼女のほうが不安だろうに、大丈夫だからと言って元気づけてくるアデルが、ルイスはただただ愛おしく、尊かった。

善き父親がどういうものなのか。

どうしたらそういう存在になれるのか。ルイスにはわからない。しかし彼女が傍にいてくれれば、大丈夫な気がした。

ルイスはそっと柔らかな腹に頭を預け、耳をそこに当てた。

「……聞こえる？」

優しい、声がした。

「いいえ、まだよくわかりません……起こしてしまいましたか？」

「いいの。ルイスが帰ってきたら起きようと思っていたから。休日に妻を放置なんて夫失格ね」

「王宮に行っていたのです。王妃殿下から本を預かってきたので、棚に置いています」

「……最近のわたくしの流行は男性向けの小説なのだけど。お義姉様のご厚意だもの。読まないと駄目ね……お義姉様は元気でいらした？」

「元気でしたよ。陛下も。体調がよいなら、今度、王宮に顔を見せに来るようにと」

「そうね。妊娠中は無理は厳禁だけれど、ある程度は動いたほうがよいと、マーサに言われたわ……ルイス？」

ルイスはベッドに上がり、彼女の横に寝転んだ。

「少しだけ、隣にいてもいいですか？」

「わたくし、起きるつもりだったのだけど」

「あなたが起きたら、マーサが果物を用意してくれると言っていました。……少しの間だけです」

妊娠が発覚した頃、ルイスは妻から『お前』とは呼ばないと宣言された。主従時代の癖はなかなか抜けないようだが、徐々に減ってきている。

夫として認められたのだと思うと嬉しいけれど、なんとなく寂しくもある。

そして、『アデル』と呼び捨てにするようにも言われているが、恥ずかしくてまだ一度も呼べていない。

いつまでも呼び捨てにしないルイスに焦れたのか、先日、子どもが生まれるまで絶対に呼び捨てにするよう期限をつけられてしまった。

「……ア、アデル……」

「……なあに？　旦那様」

横を向いて、にっこり微笑んだアデルが、ルイスの頬を撫でる。

ルイスは妻の愛らしさに悩殺され、その体を優しく抱き寄せた。

後日談　我儘

『これを……アデルさ……ア、アデル……。この本におれの男心が……おれの望みが書いてあります……ア、アデル』

　今朝、アデルは一冊の本を夫から手渡された。

『ここにルイスの欲望があるのね』とアデルが訊ねると。

『欲望ではなく願望です。ア、アデル……』

　夫は視線を激しく揺らしたあと、俯いて言った。

『わかりました。熟読するわ、いってらっしゃい旦那様』とアデルが微笑むと、

『……行って参ります。……アデ、ル……』

　夫は声を震わせ言い残し、ゆっくりとした足取りで屋敷を出ていった。

　夫であるルイス・ローマイア伯爵が王宮へ出仕するのを見送ったアデルは、彼から渡された本を片手に自室へと戻った。

　ソファに座り、膝に本を置く。そうして、夫の先ほどの態度を思い返す。

「……あざとい」

アデルはぽつりと独り言を漏らした。

アデルがよく読む恋愛小説の中には、度々『あざとい』と評される者が登場した。

胸の谷間を見せつけ男を誘惑する小悪魔な美少女だったり、舌足らずな言葉遣いで無意識的に男に媚《こ》びる天然系少女だったり。

悪役な場合もあれば、主人公だったり。男性向けの小説では恋人の場合もあった。

『あざとい』とされるのは女性なことが多い。けれど先ほどの夫の態度は、『あざとい』と評されてしかるべきだ。

今まで『アデル様』呼びだったのだが、先日から敬称をつけず、呼び捨てにし始めた。

しかし『アデル』がいつも上擦って、震えている。

声だけではない。端整で冷たげで、幾人もの女性を渡り歩いてきたかのような色男が、恥じ入るように目を伏せ、おどおどして頬を赤らめるのだ。

あざとい。

あざとい女性に騙される男性を、愚かしく思っていたアデルだったのだが……。

「これが男心というものなのかしら。あざといとわかっていても、術中に嵌まってしまうわ！」

夫のあざとさに、妻はニヤニヤが止まらない。

夫のいじらしい姿を脳内で何度も繰り返し回想したあと、アデルは膝の上に置いていた本を手に取った。

「ここに、ルイスの男心が……欲望が詰まっているのね」

アデルは男心を学ぶために、ルイスの上司である騎士団長から本を借りていた。

しかしルイスは、『団長ではなく自分の男心を学ぶべきであろう』と――黒曜石の瞳を妖しく輝かせながら、冷ややかにアデルを窘めた。

夫は年下の、アデル付きの見習い騎士であった。元王女であるアデルの矜持を挫《くじ》き、虐げることに愉悦を感じているのだ。

「卑猥な、いやらしいお願いをされるのね……。困ったわ」

アデルは妄想を膨らませながら、本を開いた。

開いて、ぱらぱらと捲り……徐々に顔を強ばらせていった。


(価値観の違いというものなのかしら)

価値観の相違は、離婚の始まりだと耳にしたことがあった。

同じところで笑えなかったり、同じところで悲しむことができなかったり。些細なズレが、互いの想いを遠くさせる。

アデルはルイスのことが好きだ。

最初は叶うことのない淡い初恋だった。再会してからは、知らなかった彼の新たな一面を知り、あの頃よりもっと好きになった。

たとえばなんらかの理由で、ルイスが記憶喪失になって別の女性を愛してしまったり、異世界人が召喚され、ルイスと結婚しないと世界が滅びてしまうとか。

あるいはアデルが実は竜神の番だったりして、番《つが》わなければ兄のかろうじて少し残っている頭髪がすべて消え失《う》せてしまう……などという、やんごとない理由で彼との別れが決まったら、きっと悲しくて切なくて、涙が止まらなくなる。

昔とは違い、愛される喜びを知ってしまったアデルは、ルイスと別れて平気でいられる自信がなかった。

別れたくなどない。

それにアデルは妊娠中だ。子どもから父親を奪うなどしたくないし、父親になったルイスが見たい。

ルイスが子どもを抱っこしたり、一緒にお昼寝している姿が、どうしても見たい。

別れたくないのならば、ルイスの価値観に寄せていかねばならないだろう。

けれど――。

アデルは手にしている本をじっと見つめる。

夫の行為を赦せるだろうか。この愚かしいとしか言いようのない行為に、夫は何かしらのすごい『こだわり』があるのだとしたら。

話し合いの結果、アデルが折れなければならないのだろうか。

悶々《もんもん》としているうちに時が過ぎ、夕方になり、夫が帰宅した。

「ルイス。おかえりなさい」

「ア……デル……、ただいま帰りました」

この夫は妻を悩殺するつもりに違いない。

出迎えると、はにかんだような笑顔が返ってきて、アデルは話し合いの前に、降参してしまいそうになる。

「ルイス！　お話があります！」

白旗を振り回したくなるのを必死で我慢し、アデルは叫ぶように言った。

「……どうかされたのですか？」

「朝渡された、本についてです！　それについて、話し合い、折り合いをつけねばならぬことがあります！」

「え……ああ……はい」

ルイスは困惑の表情を浮かべながらも、自室に誘うアデルについてきた。

「やはり、夕食後にしましょう」

話し合うつもりで自室に連れてきたが、ルイスは働いたあとで、きっと空腹だ。

「いえ、話があるのなら、先にすませてください。……アデル様が空腹ならば、あとでも構いませんが」

「わたくしは、おやつを遅めに食べたから、空腹ではないわ……そこに、座りなさい」

テーブルを挟み、向かい合って座る。

アデルは手にしていた本を、テーブルの上に置いた。

「あの……何か、問題がありましたか……」

「問題は大ありです！」

「……申し訳ありません……すぎた願いでした」

ルイスがそっと目を伏せ、謝罪をする。

「願いのことではないわ！　お前のこの！　不誠実な行為のことです！」

「は？　不誠実？」

ルイスは間の抜けた顔をして、アデルを見つめる。端整な顔立ちだと、とぼけた顔すら美しい。思わず見蕩れかけたが、アデルは心を強くし、本を開いてその場所を指差した。

「ここです！　お前はなぜ、本に落書きをするの！」

文章を囲むように、赤いインクで丸がつけられていた。

アデルはルイスと再婚する前。元夫である王が亡くなる以前、大国の後宮にいた頃のことを思い出す。

アデルは四歳年上の、アデルと同じ立場である側室の女性と親しくなった。

彼女もアデルと同じくらい本好きの女性で、よく後宮の書庫で顔を合わせては、読書談義に花を咲かせていた。

そんなある日、彼女から一冊の本を貸してもらった。

アデルがそれまで読んだことのなかった『推理小説』であった。人が殺され、殺害に至った謎と理由を探偵が解き明かし、犯人を言い当てるお話だ。

恋愛小説や冒険小説とはまた違ったワクワク感にのめりこんで読んでいたのだが……気になる点があった。

単語に丸がつけてあったり、一文に波線が書き込まれているのだ。

不思議に思いながらも最後まで読み進めたアデルは、その意味を知る。

犯人、そして謎を解くきっかけになる事象に、丸やら波線やらが書き込まれていたのである。

そのお話では意外な人物が――誠実で真面目だと思っていた者が犯人であった。

本来ならその部分を読んだときに、驚き、爽快感のようなすっきり感を得るはずだったのに、台無しになってしまった。

もしかして新手の嫌がらせだろうか、と不審に思って訊ねると、『そのほうがわかりやすいでしょう』という言葉が返ってきた。

わかりやすい。謎を解くのが楽しいのに、わかりやすくてどうするのだ。

アデルは腹が立ったが黙っていた。

心の内をすべて口にしていたら、後宮ではやっていけない。穏便に毎日を過ごすには、我慢せねばならなかった。

そしてその女性はそれからも、何度も本を貸してくれた。

推理小説の他に、恋愛小説も貸してくれたのだが、それにも波線やら、『ここステキ』など『ここ好き』と文字まで付け加えられていた。

アデルは許せなかったが我慢して読み、感想を求められれば丁寧に答えた。けれど心の中では、苛立っていたし、口から文句が溢れ出しそうだった。

「それは……そのほうがわかりやすいと思ったので」

ルイスも彼女と同じことを口にした。

離婚などしたくない。夫に服従せねばならない。耐えるのだ。

そう思うのだけれども、後宮にいたときは我慢できたのに、今は感情を抑えることができない。

アデルはテーブルを拳で叩いた。

「わたくしを馬鹿にしているの！　わたくしはこの本を読み、お前の男心を探るのを楽しみにしていたというのに！　教えられたら探せないわ！　わかりやすい？　わかりやすくなくてよいのです！　わたくしから、お前の男心を読み解く権利は、誰だろうとも……それがたとえ愛する夫であろうとも阻むことはできないのです！　……ルイス！　どうしてそのような顔を！」

怒り出したアデルに、最初は驚いて目を瞠っていたルイスが、ふいに顔を綻ばせた。

なぜ笑うのだ。笑う場所ではないだろう。

やはり価値観の違いだろうか。離婚の危機にアデルは悲しくなった。

「いえ、申し訳ありません。……つい……」

「つい！」

「いえ……あの……」

「わたくし、離婚はしたくないわ！」

アデルのその言葉に、ルイスは顔色を変えた。

「何を仰るのです。当たり前です。離婚などしません」

ルイスは立ち上がり、大股で近づいてくると、アデルの隣に座った。

「離婚は、しませんよ」

いつになく真面目な、若干怒っているような顔で言われる。

「……我儘な妻に、おしおきをするの？」

「……おしおき？」

「痛いのは嫌……でも、お前になら何をされても構わないわ…んっ」

ルイスの手が肩に回ったかと思うと、素早く唇を奪われた。

「離婚もしませんし、お仕置きもしません。……おれが軽率でした。あなたにとって本はとても大切なものだと知っていたのに。……おれの男心を、あなたに早く知って欲しかっただけです。馬鹿にもしていません。だから、離婚などという言葉は使わないでください」

アデルはすぐ傍にあるルイスの顔をじっと見つめる。

澄んだ黒い瞳の中に自分が映っている。

後宮で同じ側室の女性に本を借りたこと。

そこに波線やら丸がつけられていたこと。せっかくの読書が台無しだったこと。

けれど同じ側室仲間だから、波風を立てたくなくて黙っていたこと――。

アデルは夫に、ぽつぽつと話して聞かせた。

話し終わる頃になり……後宮時代の自分を、他の男性の妻であったときの話など知りたくないのではなかろうかと思い不安になるが、ルイスはひどく優しげな目でアデルを見つめていた。

口元を緩め、アデルの髪をひと房つまみ、指に絡ませて、遊んでいる。

「あの頃は我慢ができたのに……わたくし……我儘になったわ」

後宮での暮らしは穏やかで、アデルが想像していたような、おどろおどろしさはなかった。

けれど多くの人が集まれば、負の感情も生まれやすい。その悪意に巻き込まれぬよう、アデルはアデルなりに気を遣っていた。

ライツヘルドの王女である立場を一度として忘れたこともなく、不満や我儘を言って場を乱すことなどしなかった。

「先の展開を明かされてしまい怒るのは当然だと思います。……おれは普段本を読まないのもあって、あなたへの配慮が欠けていました。教科書を読むとき、しるしをつけるよう騎士学校の教師に言われていたので……その癖でつけてしまいました」

「ああ、わたくしも……パルケル夫人……家庭教師の先生に、大事なところはあとで読み返すからしるしをつけなさい、とよく言われたわ」

アデルにとっては夫の男心を探るための読書であったが、夫にとってはアデルに男心を教えるための参考書だったのだろう。

「考え方の違いだったのね」

「おれのせいです。謝りますから、離婚などと口にしないでください」

些細なすれ違いから、夫婦の絆が切れてしまうこともある。

けれどこうやって、何か不満が生まれる度、きちんと話し合っていれば、僅かな綻びに気づいて修復できるに違いない。

「わたくしも……ごめんなさい。お前の気持ちをわかろうとする努力が足りなかったわ」

「謝らなくていいです。……それに、我慢もしなくていいです」

「……お前にはいつも我儘ばかり言っている気がするのに」

思い返してみれば、大国に嫁ぐ前も、少年だったルイスを振り回していた。

我儘を言って、彼の表情を少しでも変えたかった。無邪気な乙女心の起こした行動だったが、彼にとっては迷惑な話である。

「ルイスにだけ我儘を言っているわ。他の者には……侍女にだって、我儘を言って振り回したりしないよう気を遣っているのに！」

（一番大事な夫にだけ我儘を言うなんて！）

新たな事実に気づき、目を丸くさせると、ルイスが唇を寄せてくる。

唇の端に口づけをされた。

なんだか、それだけでは物足りなくなったアデルは、彼の頬に手をやり、自ら唇を押しつけた。

「ルイスに口づけされると、もっと口づけされたくなるの！　やっぱり我儘ね……ルイス？」

ルイスが、がくりとうな垂れるように、アデルの肩に頭を置いた。

「どうしたの？　怒ったの？」

「……怒るわけないでしょう……。……いくらだって我儘を言ってください。おれは、我儘なあなたも好きです」

我儘が好きなど変わっている。けれど、逆の立場になり想像してみると――ルイスにたくさん我儘を言われたら、嬉しくて舞い上がってしまうだろう。

「なら……たくさん、口づけして欲しいわ。あと……アデルって、たくさん呼んで欲しい」

ルイスの少年時代とは違い、逞しくなった腕をぎゅっと摑んで、アデルはねだった。

耳元に熱い息がかかる。アデル、と囁くような低い声がした。甘やかな響きに、背中のあたりがうずうずする。

嬉しいような切ないような感情が込み上げてきて、目を閉じた。同時に、柔らかな唇がアデルの唇に触れてきた。

◆◇◆

ルイスの愛する妻は、若干……いやとても思い込みが激しい。そのため、ルイスはテオに借りた本を読んだとき、妻が自分の願望を勘違いしないだろうか、と不安になってきた。

その本のおおまかな粗筋が、妻が若い男と一度だけ過ちを犯し、それを赦すか赦さないか――という話だったせいもあるだろう。

なぜこのような内容の本を、と団長を憎々しく思ったが、確かに序盤には、ルイスの望みである『膝枕』と『外出時と帰宅時の口づけ』があった。間違ってはいないので、怒るに怒れない。

かといって、もし勘違いされ、過ちを犯されでもしたら……赦すのは間違いないにしても、苦しい。想像しただけで、胃が痛く吐きそうになる。

悩んだ結果、ルイスは自身の願望が書かれている文章を丸で囲った。

朝、本を渡した日。ルイスは表情こそいつもと同じであったが、内心ではずっとそわそわして過ごしていた。

自分のもとに降嫁してくれたとはいえ、妻は王族という身分にあった。

普通の夫婦のようなことを望むのは、すぎた願いかもしれない。しかし妻は屈託のない性格をしているため、赦してくれる気もした。

緊張しながら、帰宅する。

このとき、ルイスは少し——いや、かなり、口づけをしてくれるのでは、と期待をしていた。

実際は、本に落書きをしたと怒られてしまったのだが。

誤解だったのか、すれ違いだったのか。とりあえずは、話は一段落した。

その後、ルイスを喜ばせるために言っているのではなかろうかと疑うくらい可愛らしい我儘を、妻が口にした。

彼女にねだられるままに、たくさん口づけをしたあと、夕食をともに取った。

そして夜——。

寝室で、妻は『今度はルイスの我儘を聞いてあげる』と、嬉しげに微笑んだ。

よくよく考えてみれば、妻は妊娠中である。『外出時と帰宅時の口づけ』はよいにしても『膝枕』

は負担ではなかろうか。

そう思って断ったのだが、妻は構わないと言い、ベッドに座り、ぽんぽんと自身の膝を叩いて見せた。

「……アデル様……重くはありませんか？」

「いいえ！　楽しいわ！」

下から見上げ問うと、弾んだ声が返ってきた。

指が優しくルイスの髪を梳いている。

「ルイス……様付けになっているわよ」

「……あなたも、ときどき、お前呼びになっています」

「本当？　癖って、なかなか抜けないわ……気をつけないと」

ルイスはできるだけ彼女に負担をかけないように、頭を浮かせていた。

肩も背中も不自然に力が入り、楽ではなかったが、彼女の指先が頬や額を撫でるのが心地いい。

他愛のない会話を続けていたのだが、アデルの声がゆったりとした口調になっていく。

黙ってしまい、撫でていた指も止まる。

ルイスは苦笑を浮かべ、体を起こした。

目を閉じ、頭を小さく揺らし始めたアデルの体を、抱き支えるようにして、ベッドに横たわらせた。

番外編　酔っ払い

結婚してふた月ほど過ぎたある日のこと。

騎士団長が夫のいない隙を狙い、ローマイア邸に訪れていた。

なんと、彼は以前から部下の妻であるアデルに好意を寄せていたのだ。

いや、正確には妻になったアデルに興味を抱くようになった。彼は他人のモノを欲しがるという特殊な性癖の持ち主であった。

――と思っていたのだが、実際は違った。

アデルはてっきり自分が愛されているのだと思っていたのだけれど、騎士団長が狙っていたのは夫のほうだった。

彼らは数年前から禁断の関係に溺れていたのだが、国王命令でルイスは出戻った元王女と結婚することになる。いずれは不埒な関係を清算しようと考えていた常識人のルイスは、結婚を機に別れを切り出す。

騎士団長も納得していたはずだった。しかしそれは、めくるめく禁断の愛の序章であった。

「最近、男同士の恋愛小説が大流行しているようです。アデル様もこういうのお好きかなと思いまして、お持ちしました」

「ありがとうございます」

渡された本に目を落とし妄想に浸っていたアデルは、顔を上げ騎士団長に礼を言った。

男同士の恋愛は、現実とは似て非なるものである。

乙女たちの想像による夢の世界で繰り広げられる『禁断の愛』は、一部の女子にとって『最高の美』と賞賛されていた。

大陸の中には、宗教上の理由で同性愛的表現のある創作物を禁じている国もあるというが、ライツヘルドの多くの民が信仰する宗教は戒律が緩やかなので、問題視されていない。

大国も寛容で、後宮でも男同士の恋愛小説は人気があった。

アデルは一部の淑女方ほど熱狂的に嵌まってはいないものの、まあまあイケる口だ。

以前から男同士の恋愛を主軸にした小説は人気があったのだが、最近、評判のよいものが続けて発行されたため、普段読書をしない層からも支持を受け、王都で大流行していた。

「あなたも、こういうお話を読まれるのですね」

男同士の恋愛小説を読むのは女性だけだろうと思っていたので、アデルは驚く。

「俺は面白ければなんでも読む派なんで」

「あ、そうだわ……少々、お待ちくださいね」

テーブルを挟み、騎士団長と向かい合って話していたアデルは、一度立ち上がり、応接室を出た。

応接室の隣にある部屋に入る。

ここは夫がアデルの蔵書のために用意してくれた部屋である。

十日ほど前、使っていなかった部屋を、立派な書棚が並んでいる書庫に改造してくれた。

夫は魔法を使えないし、部屋の改装が趣味だったりもしないので、ガランとしていた部屋を実際に造り替えたのは業者の者たちだけれど。

壁紙の色やどの書棚にするか。位置はどうするか。夫と相談しながら決めるのはとても楽しかったし、書庫が完成したときは充足感があった。

アデルは書棚の中から本を選び、応接室へ戻る。

「お待たせしました。こういうのは、読まれたことがありますか?」

アデルは大国にいたときに手に入れた本を三冊、テーブルに並べた。

「……初めてですね……」

騎士団長は興味深そうに本を手に取る。

他国で流行った本もひと通り読んでいるふうだったが、未読であったらしい。

「小説というか、体験談や失敗談を纏めたお話になるのですが、結構、面白いのです」

「へえ……」

事実がどうかを確かめることはできないが、一応は本当にあったことをお話仕立てで書いてある。

「そちらはお酒の席での失敗談を集めたものです」

アデルはお酒を飲めないというか、飲むと頭が痛くなり気持ち悪くなって吐いてしまう。おそらく体質に合っていないのだろう。

なので酩酊《めいてい》した経験がないのだが、人によっては記憶を失ったり、気分が高揚して浮かれたり、逆に悲しくなって泣き出したりするらしい。

お酒を飲むと夜のことが激しくなるという話も耳にしたことがあった。

「そういえばルイスが以前、酔って服を脱いだあげく道ばたで寝てしまう団員がいると言っていたことがあります」

「若い団員も多いですからね」

「若い方のほうが酒癖が悪いのですか？」

「若いとつい調子に乗って飲みすぎてしまいますから。まあ、年を取ってても、記憶をなくすくらい飲んじゃう人もいますけどね」

「団長さんもお酒を飲まれるのですか？」

「俺は最近控えてます。胃腸の調子が悪くて」

病気ではなく、年齢によるものらしい。

「そういえば……ルイスの酒癖もひどかったな」

パラパラと本を捲りながら、騎士団長が聞き捨てならない呟きをした。

「ルイスも全裸になって、寝てしまうのですかっ」

愛しい夫が野外で服を脱いで、大の字になって眠っている姿を想像し、アデルは身を乗り出した。

「いやいや、そこまでではないですけど。それに自分でも酒癖が悪い自覚があるのか……いや、単に酒を飲む習慣がないだけかな。普段、騎士団の集まりのときでも飲んだりしないんで、酔っ払った姿を見たのは一度きりですが。絡み酒っていうのか……大声で騒いでいたくせに、起きたら酔っていたときの記憶がなくて、けろっとした態度でした」

「まあ……」

大声で騒ぎ、絡んでいる夫の姿が想像できない。

(見てみたい……)

騎士団長にだけ見せて、妻である自分に見せないのは不公平な気がする。アデルの前でも大声ではしゃいで、是非とも絡みついて欲しい。

「この本、お借りしてもよろしいですか？」

「もちろんです。……わたくしも、こちらをお借りしても」

「ええ。もちろんですとも」

騎士団長はときどきではあるが、義姉とも読書談義をしているらしい。

義姉は割と好みがはっきりしているので薦める本を選んではいるが、貸し借りだけではなく本を贈り合ったりもしているという。

今度三人で読書談義をしようと約束した。

「そうだ。団長さん、夕食もご一緒してください」

「お邪魔では？」

「きっとルイスも団長さんが一緒だと喜ぶと思います」

「ハハッ。喜びますかね？　怒っちゃいそうですけど」

妻と上司の不貞を疑うだろうか。いや、かつての恋人と現妻の修羅場に青ざめるかもしれない。

「マーサ、団長さんのぶんもご用意してね」

後者はともかく、不貞は疑われないように、部屋の隅には侍女が控えている。

「はい、奥様」

椅子に座り、縫い物をしていたマーサが手を止め、こちらを見上げて返事をした。


「なぜ、団長がいるのです」

少しして帰宅したルイスが、騎士団長の姿を見て眉を顰めた。

「まあ。不貞を疑っているのね。違うわ、ルイス。誤解をしないで」

「いえ、疑ってはいません」

誤解を解こうとしたのだが、無表情で素っ気ない言葉が返ってくる。

「……少しくらいなら疑ってもいいのよ？」

信じてくれるのは嬉しいのだけれど、平然すぎるのもそれはそれで寂しい。

「陛下に荷物を届けるよう頼まれたんだ。お前は出払っていたし、俺は午後からヒマしてたしな。で、ついでに共通の趣味による親交を深めていた」

アデルの乙女心とは違い、騎士団長は部下との間に『しこり』を残したくないらしく、事の経緯を丁寧にルイスに説明する。

「共通の趣味……親交を深める……」

だというのに、先ほどよりもルイスの眉の寄り具合が強くなった。

共通の性的嗜好で体の親交を深めたと、想像を膨らませているのかもしれない。動揺はして欲しいが、本気で勘違いされたら困る。

「共通の趣味は読書で、心の親交を深めたの」

「心の……親交ですか？」

「ええ。団長さんとは心の友になりました」

「心の、友……」

納得いかないのか、ルイスの表情が暗くなっていく。

男女間における心の絆、友情に懐疑的なのだろう。

アデルも確かに、後ろ暗い部分もあった。

純粋な友情だけではなく、新たな本と出会えるという打算的な狙い込みで、騎士団長と親しくなろうとしていたからだ。

師弟として、騎士団長と男同士の心の親交を温めていたルイスには不純に見えたに違いない。

「ごめんなさい。ルイス」

アデルが謝罪すると、ルイスはハッとして首を振った。

「謝らないでください。おれが勝手に嫉妬していただけですから」

「嫉妬……？」

「はい……大人げない嫉妬なので」

「まあ。大丈夫よ、ルイス。お前の大事な団長さんをわたくし奪ったりしないわ」

男同士の友情はときとして男女間の愛よりも重いという。

アデルは狭量な妻ではないので、ルイスが騎士団長を大事にしても怒ったりはしない。

「いえ……そうではなくて……団長、笑わないでください」

「いや……笑ってないぞ……」

なぜか騎士団長は口を押さえて、肩を震わせていた。

「皆様方、ご夕食の用意ができておりますが」

料理が冷めてしまうのを案じたのか、マーサが三人を呼びに来た。

◆◇◆

翌日。

「あら……」

騎士団長が兄から頼まれて届けてくれた荷を開き、アデルは懐かしい気持ちになる。

荷物は大きな箱が三つ。中身は本と鮮やかな色合いの織物。鼈甲《べっこう》の櫛と髪飾り、酒瓶が入っていた。

荷には手紙も入っており、送り主は大国で親しくしていた側室だった。

彼女は故国へは帰らず、大国の貴族と再婚する希望を出していた。

アデルが結婚の報告をしたのと同じ時期に彼女もまた縁談が決まったらしく、その報《しら》せを兼ねた、結婚祝いであった。

互いのこれからの幸せを祈る言葉に、アデルは目を細めた。

大国の側室の中には、アデルのように王族の矜持を胸に納得して嫁した姫だけでなく、王命で仕方なく嫁いできた者もいたし、故国から追い出されるように嫁がされた姫もいた。

彼女は故国で前王妃の姫という立場にあり、まるで小説に出てくる『不遇のヒロイン』のごとく、親族からだけでなく、侍女からも虐げられていたという。

それもあって、大国で丁重に扱われ驚いたそうだ。

二度と故国へは戻りたくないと、ことあるごとに口にしていた彼女の結婚相手は、大国の新たな王のいとこ。ルイスほどではないが美麗な男で、少々偏屈なところもあるものの女性に誠実だと耳にしたことがあった。

「本当に物語のようね……」

不遇な姫君が、大国で美形の男に溺愛される。成り上がり的な物語は鉄板だからこそ、大衆の心を摑む。

「不遇はともかく……溺愛はされたいわ」

毎日、暑苦しいほどの愛をぶつけられたい。

口癖は『愛してる』で、食事のときは夫の膝の上で食べるよう強要される。

入浴も一緒で、アデルの体を洗いたがるのだろう。濡れた髪も丁寧に拭いてくれる。夜は朝まで離してもらえない。――ちょっとばかし鬱陶しい気もするけれど。

（あ……そうだわ）

アデルは昨日、騎士団長と話したことを思い出した。

ルイスは酔うと絡みついてくると言っていた。

アデルは大声ではしゃぎながら絡みついてくるルイスの姿を想像しようとしたが、なかなか上手くいかなかった。


通いで雇っている庭師が、無類の酒好きということで、帰り際に毒味を兼ねて味見をしてくれた。クセのない蒸留酒らしい。あまりに美味しそうに飲んだので、少しだけアデルも口にしてみたのだが、やはり体にも口にも合わなかった。

ルイスはいつもと同じく夕方に帰宅した。

食事のあと、アデルはルイスを寝室に誘う。食欲が満たされたので、次は性欲――ではない。

寝室のテーブルの上に、抜かりなくお酒の準備をしていた。

「わたくし、お酒を一口飲んだだけで、気分が悪くなるの」

長椅子に並んで座り、アデルは溜め息を吐きながら、お酒が飲めないことをルイスに告げた。

「気分が悪くなるのに……無理をして飲む必要はないでしょう」

ルイスがもっともなことを言う。

「でも、これは大国でとても仲良くしていた側室のお友達からの結婚祝いなの。飲まないと申し訳なくて」

　アデルはグラスにお酒を注ぎ、憂鬱そうに言う。

「わたくし、一口飲んだだけで、頭がガンガンと痛むの。吐いてしまうかもしれないわ。おそらく、体に合っていないのね。でもわたくしたち夫婦のための贈り物なのだもの。誰かに譲るのは違うと思うし、どうしても飲まないとならないの」

「……なら、おれが飲みます。夫婦への贈り物ならば、おれが飲めばよいでしょう」

　求めていた言葉がルイスの口から発せられたので、アデルは心の中でにんまりと笑んだ。

「お前、お酒が飲めるの？」

「滅多に飲まないのですが……少しくらいなら」

「そう。なら、わたくしのぶんも頑張って飲んで」

　アデルは手にしていたグラスをルイスに差し出した。

「その……以前、酔って記憶をなくしたことがあって……見ていた者が言うには、散々騒いだらしくて」

　すぐには口にせず、ルイスは手にしたグラスにじっと視線を落として言う。

　飲んでもよいか迷っているようだ。

「ここは屋敷の中だもの。騒いでもマーサが起き出すくらいだから、心配いらないわ。お前が飲むのが嫌ならば、わたくしが飲みます」

　アデルが彼の手からグラスを取り上げようとするふりをすると、ルイスは慌てたようにグラスを口に運んだ。

彼の喉仏が動くのを観察する。

「……どう？　美味しい？」

「少しきつめですけど……美味しいです」

「ほら。なら、もっと。どんどん飲んで」

「え？　あ……はい」

アデルが勧めるがままに、ルイスはグラスを傾ける。

（ルイスったら……流されすぎだわ）

妻だからよいものの、アデルが悪者だったら、身ぐるみを剝がされているところだ。勧めたのは自分だというのに、夫の無防備さが心配になった。

グラスが空になると、すぐに注いだ。

「あ。でも、体調が悪くなったらやめてね」

急に飲みすぎると亡くなってしまうこともあるらしい。ルイスもそれはわかっているらしく、ちびちびと口に含んでいる。

ルイスの様子に変化が現れたのは、二杯目が空になった頃だった。

今日あったことなどを喋るアデルに相づちを打っているのだが、徐々に口調が遅くなっていき、頬も赤らんでいた。

「ルイス、酔ったの？」

「いえ……大丈夫、です……」

と答える声も、ゆったりしている。

三杯目の途中から、黒曜石の瞳がじわりと潤み、唇が緩み始めた。

「ルイス、酔ったのね！」

「いえ……酔っていません……アデル様」

ルイスはふにゃりと。そうふにゃりと微笑み、アデルを見下ろした。

（な、なんてこと！　抜群の破壊力だわ！）

「アデルさま」

グラスをテーブルの上に置いたルイスは、指でアデルの髪をつまみ、くるくると弄り始めた。

「……アデルさま……アデルさま」

そして、時折思い出したかのように、アデルの名を呼んでいる。

「な、なあに？」

酔っ払ったルイスの可愛らしさに激しく動揺しながら、アデルは彼を見上げる。

「団長は、ずるいです……」

妻への愛を口にするのを期待していたのだが、蕩けたような顔で上司への文句を口にした。

「団長ばかり、ずるい……」

涙目で、ずるいずるいと騎士団長を詰っている。

（可愛い！　でも、嫉妬してしまうわ……）

頬を染め涙ぐみ蕩けた顔をしながら、ツンツン怒っている。

こんな感じで責められたら、騎士団長もメロメロになってしまうであろう。ずるい。

「本当、ずるいわね！　団長さん」

アデルはルイスに同意した。するとルイスはこくりと頷き、手にしていたアデルの髪に唇を落とした。

「……おれも、アデルさまの、心の友になりたい……」

「……え？」

「おれも、アデルさまと仲良くしたいです。アデルさまと心の親交を深めたい。おれ、あまり本を読まないから……頑張って読んだら、おれとも仲良くなってくれますか」

「……趣味は人それぞれだし。お前がわたくしの趣味に、無理をして合わせる必要はないわ」

共通の趣味から恋愛に発展するのはよくあることだし、好きな相手の好きなものを知るのは重要だ。

けれど読書……何を読んで何を面白いと思うかもひとそれぞれ。たとえば義姉が絶賛する本にアデルがときめかない場合もあるし、騎士団長が薦めてくれても、自分はそこまで夢中になれなかったりもする。もちろんアデルの薦めた本が彼らに合わないことも当然ある。

ルイスが好きだからといって、ルイスが好きなものをアデルが好きになれるわけではない。

アデルは虫が嫌いだ。昆虫だろうが害虫だろうが、虫を見るとぞわぞわする。

ルイスが仮に大の虫好きでも、ルイスに合わせて好きになったりはしない。

「でも……おれも、アデルさまと仲良くしたい。心の親交をしたい。団長はずるい。おれだってアデルさまと仲良くしたいし、心の親交を深めたいです」

酔っているからだろうか。同じ言葉を繰り返している。

「いつも仲良くしているでしょう？　心どころか、体の親交もしているし」

「アデルさま……いやらしいことを言わないでください」

ルイスは僅かに唇を尖らせ、睨んでくる。

確かにアデルの言動は、普通の言葉をすぐに性的なものに結びつける、変態のようであった。

「だめです。そういうこと言ったらだめですから」

アデルは変わっていると言われはするが、至極まっとうな人間である。しかし顔を耳まで紅潮させ、拗ねた口調のルイスを前にすると、変態の仲間入りをしたくなる。

「そういうことってなあに？」

「……そういう……体の親交とかです」

「ルイスはわたくしと、心の親交はしたいけれど、体の親交はしたくないの？」

「……したいですけど……おれ、ハンバーグが好きなんです」

「……ハンバーグ？」

いきなり、なぜここでハンバーグなのか。

ここは体の親交をしたいになって、イイ感じに夫婦の時間になるところのはずである。

「ハンバーグとアデルさまが好きです」

（食べ物と同列に好きだと言われて喜んでもよいのかしら……）

微妙な気持ちになるけれど、当のルイスはにこにこと、いつもの無表情が信じられないほど、無邪気な笑みを浮かべている。

「ルイスは、ハンバーグが好きなのね」

「ハンバーグと……アデルさまが好きです。今までもずっと、ハンバーグとアデルさまが好きでした。この先も、ずっとアデルさまとハンバーグが大好きです」

アデルはお酒を飲んでいない。だというのに、顔がぽうっと熱くなってくる。

ハンバーグと同じで構わない。ハンバーグと同じであることすら喜ばしい。それくらい愛らしい告白だった。

「わたくしのこと、これからハンバーグと呼んでもよいわよ」

あまりに上機嫌になったアデルは、ルイスの大好きなハンバーグと一体化しても構わないような気持ちになった。

「駄目です。アデルさまはアデルさまです。ハンバーグのことをアデルさまと呼びます」

「まあ。なら、ハンバーグは今からアデルね」

「はい、アデルさまです。アデルさまが好きです。アデルさまほどではありませんが……」

「アデル以外だと何が好きなの？」

「アデルさま以外だと……模擬試合は好きです」

食べ物のことを訊ねたのだが、別の答えが返ってくる。

「本当の戦いは好きではないです。……でも模擬試合は、訓練だから、怪我をすることはあっても、誰も死んだりしない」

「……そう」

ライツヘルドは比較的平和な国ではあるが、東側の国境付近ではときどきではあるものの争いが起きていた。詳しくは知らないけれど、そのときの活躍でルイスも授爵されたと聞いている。

本当に人が傷ついていない物語の中の戦いや死と、現実は違う。

「でも模擬試合、たまに嫌いになります……前に、相手が伯爵家の子息だったことがあって。負けるように……言われて」

長い指にアデルの髪をくるくると巻きつけながら、ルイスが訥々《とつとつ》と言う。

「それは、あってはならないことだわ」

騎士は給金もよく、将来が安定している。人気の職業のため、平民もいたが貴族出身のものも多くいた。しかし平民出身の者が団長に選ばれている通り、ライツヘルドの騎士団は実力主義だ。

「あくまで模擬試合だから……観客がいることもあるし……見世物的な部分もあるから、そういうのも必要だなって思うんです……だからおれも上手く負けないといけないんだけれど……おれ、そういうの上手くできなくて。つい倒してしまうというか……アデルさまのこと思うと、頑張ろうってなってしまって」

(わたくしのことかと思ったけれど……今はハンバーグがアデルだもの。ハンバーグのことね)

頑張ったご褒美で、騎士団長にハンバーグをご馳走になっていたのだろう。それとも、自分へのご褒美でハンバーグを食べていたか。

「負けないといけないのに、勝ってしまって。団長から叱られるのかなと思ったんですけど……仕方ないなって。本当は、ああいうのムカついていたから、清々《せいせい》したとか言って……ハンバーグ、アデルさまを奢ってくれました」

師弟愛。上司と部下。男同士の熱い友情。素敵なお話である。

「わたくしもご褒美をあげたいわ。今度の模擬試合のとき、お前が勝ったら、ご褒美をあげるわ」

「おれ、今、副団長だし……おれが出たら、勝っちゃうから、正規の試合には出れないんです。おれをぶちのめしたい奴ら対おれ、とか……おれに文句がある奴ら対おれ……とか、そういうのに出されます」

前に観戦した『副団長による鬼指導演習！』は、鬼教官の膝を折らせたい、いや泥だらけの地面に這いつくばらせて赦しを乞わせたい。そんな欲望のもとに行われた試合だったらしい。

鬼教官が屈辱で下唇を噛み、『くっ』と呻いている姿を想像し、胸が震えた。

「素晴らしいわね」

「素晴らしい……？」

「いえ……正規でなくとも、試合は試合でしょう？　今度勝ったらご褒美をあげるわ」

矜持を打ち砕かれたルイスを見たいけれど、その姿を観衆や他の対戦者相手には見せたくない。そういう背徳感のある姿はアデルの前だけにしておくべきだ。

「ご褒美……」

「アデルを好きなだけ食べていいわ」

マーサにハンバーグをたくさん作ってもらおう。いや、自分がハンバーグを作って、ルイスに振る舞うのもよい。

(今度、料理を教えてもらいましょう)

後宮時代、いろいろな『教室』に入り学んだけれど『料理教室』には行っていなかった。食べるのは好きだけれど、作ることに興味があまりなかった。

けれど若奥様になったのだから、ルイスに手料理をご馳走するのも楽しそうだ。

「アデルさま……そういう、こと言ったらだめです……」

ルイスはアデルの髪を弄っていた手を止め、俯いて、なぜか恥ずかしそうにしている。

「そういうことって……? 食べたくないの?」

「た、食べたいです……食べたい」

ルイスは顔を上げ、熱っぽい瞳でアデルを見つめ、顔を近づけてきた。

「んっ……」

柔らかな唇が触れ合い、熱いぬるついたものが口内に入り込んできた。口の中に、お酒の味が広がる。

お酒は苦手なのに……ルイスを通じて味わう酒は、ひどく甘く美味しく感じた。

ぬるぬると緩慢に蠢く彼の舌に、アデルも合わせる。

ちゅくちゅくと二人の口が奏でる淫靡な音に、興奮が高まり、アデルは夫の逞しい背に指を這わ

せた。

（お酒から、夫婦の時間になるのだわ……）

お酒を飲んだ夫に絡みつかれ、愛されたい。その欲望からお酒を勧めたので望むところだ。

唇が離れ、ルイスがアデルの首に顔を埋める。熱い吐息を首筋に感じ、ぞくぞくして、肩を竦めた。

「ベッドに行く？　それともここでする……？」

長椅子の上で、あれやこれやを想像しながら訊ねたのだが、返事がない。

「ルイス……？」

名を呼ぶと、安らかな寝息が聞こえ始めた。

お酒を飲んで寝落ちする——も、よくあるお話だ。

甘やかな期待で、体が熱くなっていたので、残念な気持ちになり溜め息を吐く。

けれども甘い気持ちが消えるわけではなく、首元にある温かさと重みが愛おしい。

黒髪を撫でながら、アデルは幸せに酔った。

翌日。

ルイスはお酒を飲み始めてからの記憶を失っていた。

長椅子でアデルを枕にして眠っていたため、平謝りしていた。

ルイスの枕になるのは少し体が痛いけれど楽しい。是非とも妻だけの特権にしたいところだ。

アデルはルイスに自分の前以外で、お酒を飲まないよう約束させた。

ルイスは何かとてつもないことをしでかしたのかと思っているようで、二度と飲みませんと言う。

失態をしたと思わせていたほうが、ルイスもお酒を控えるであろう。

『お前はお酒を飲むと卑猥な単語を連発するの。だから他の者の前で飲んでは駄目よ。騎士団の品位が下がってしまうわ』

『……以前、団長が……おれが酔っ払って……街中で大声で叫んで、迷惑をしたと言っていました……そんなに卑猥なことを叫んでいたのか……』

『……そうね。だからわたくしの前以外では飲んでは駄目よ』

『アデル様の前でも、もう飲みません』

『それは、駄目です！　夫婦間でのみ卑猥な単語が許されるのですから、お前はわたくしの前では飲まねばなりません』

アデルはそう主張したが、ルイスは釈然としていなかった。


後日――。

アデルはマーサに手伝ってもらいハンバーグに挑戦した。

酔ったときの記憶がルイスにないというのに、アデルはつい『今夜はアデルをたくさん食べてね』と言ってしまう。

誤解した夫は、獣のごとく妻を食い散らかした。もちろん、性的な意味で。

番外編　嫉妬

騎士団長からお薦めされた本を読んだり、夫婦の体験談、教訓などが書かれた本を自ら探して読んだりして、アデルは安穏な結婚生活を送るために押さえておくべき大事なものがあるのを知った。

それは三つの袋だという。

まずは金袋。お金を入れる袋だ。

いくら夫と愛し合い信頼関係を築いていても、金遣いが荒くお金がないと、生活が苦しくなる。苦しくなると、喧嘩が絶えなくなる。外に喜びを求め、浮気。別れに至るという。

そして玉袋。これは男性の子種が溜まる場所である。ルイスの性器にも、もちろんついている。男は子種が溜まると、発散したくなるそうだ。そして妻が子種の排出を促さないと、いずれ別の場所で子種を吐き出すようになり、浮気。ルイスの玉袋はアデルのものなので、大事に管理しないとならない。

最後に、胃袋。

美味しいものを食べると幸せな気持ちになる。不味いものばかりだと悲しくなり、家に帰りたくなくなり、浮気。だから、料理には気を遣わねばならない。

ローマイア伯爵家の料理は、通いの料理人が作ってくれているので、味の心配はしなくともよい。けれど若妻が夫のために手料理を振る舞うのも悪くないと思い、先日、夫のために料理人に指導を受け、マーサに手伝ってもらいながらハンバーグを作った。不格好ではあったが味はよく、夫も喜んでくれた。

(よく考えれば胃袋を摑んでいるのは、料理人だわ。わたくしもルイスの胃袋を摑まなくては)

料理人はルイスだけでなく、アデルの胃袋をも摑んでいる。マーサと家令夫婦の食事も作ってくれているので、彼らの胃袋まで鷲摑みである。

アデルは皆の胃袋を摑んで離さない料理人に頼み、差し入れするのにちょうどよいお菓子の作り方を教えてもらった。

夫の胃袋を摑むのも大切だが、夫の仕事場や周囲に対して、気遣いのできる妻を見せつけるのも大事だ。そういう些細な心遣いが、いずれは夫の出世に繋がるという説もある。

マーサと料理人に手伝ってもらい、焼き菓子を前日から作り始め、午前中に完成させる。

バター風味の定番の焼き菓子だったけれど、サクサクした歯ごたえで、香ばしく、料理人からも合格点をもらった。

それぞれ持ち場があるので、昼間王宮にいる騎士は三十人ほどだ。それでも大人数なので、小さめの焼き菓子をバスケットにぎっしり詰め、昼食後つまんで食べられるようにする。

準備をすませたアデルは昼前に、馬車で王宮へと向かった。

「お運びしましょうか」

「いいえ。大丈夫よ」

御者の言葉に、アデルは首を振る。

大きなバスケットで両手が塞がるが、なんとか一人でも運べそうだ。

「ですが」

「……あ、副団長の……アデル殿下……いえ、ローマイア伯爵夫人。あの、お手伝いしましょうか」

アデルの身長より少し高いだろうか。小柄な騎士が声をかけてきた。

「お仕事中ではありませんか？」

ローマイア伯爵夫人という素敵な響きに上機嫌になりながら問う。

「昼休憩に入ったところです」

「なら、騎士団の詰め所に行くので、半分だけ持ってもらえますか」

「もちろんです。そちらもお持ちします」

左手に持っていたバスケットを渡すと、右手のぶんも持とうとしてくれる。

普段なら任せていたかもしれないが、今日のアデルは気遣いのできる良妻だ。夫の部下に荷を持たせ、自分は手ぶらなのは少々横柄に映るかもしれない。

「こちらはわたくしが。半分ずつにしましょう」

夫の部下と並んで歩く。

騎士たちが食事をしたり休憩をしたりする詰め所は訓練場の先、寄宿舎の手前にあった。

「よい香りですね。副団長への差し入れですか？」

「団員の皆様への差し入れです。焼き菓子なので食事のあと、食べてください」

「焼き菓子好きなんで嬉しいです。皆、喜ぶと思います」

朗らかに言われ、アデルはホッとする。

よくわからぬ女の手作りのお菓子など言語道断だと言われたり、騎士団ではお菓子が禁止されていたりとかで、差し入れを拒否されるかもしれないと少しだけ不安に思っていた。――ルイスに焼き菓子を差し入れしたいと言い、何個ほど必要かや、持ってくる時間帯などを事前に相談してはいたのだけれど、様々な思わぬ苦難が起こることもあるのが人生だ。

「……あの……副団長も、こういうの食べたりするんですか?」

「こういうの?　焼き菓子?」

「甘いお菓子とか」

「苦いものや辛いもの、野菜は嫌いだけれど、甘いお菓子は食べます」

そう量は食べないけれど、甘いものを見ると瞳を輝かせている。

「変なこと訊ねてすみません。あまりこういうの食べてる印象がないんで」

こういうのを食べないなら、いったい何を食べていると思っているのだろう。

ルイスがあまりにも美形なので、女性の精気、または処女の血を吸っていると、誤解しているのかもしれない。

(でも……わたくしは処女ではないから……)

愛する夫が、生きるために罪のない若い娘を攫《さら》うのである。

永遠の命と若さと美を持ったルイス。片や年老いていくアデル――。

ルイスはアデルを見捨て、若い娘に愛欲を向けるようになり、アデルは捨てられる。自分を見捨てたルイスを果たして恨まずにいられるだろうか。恨むかもしれない。

魔女と契約し、アデルもまた永遠の命と若さを手に入れるのだ。その美しい声と引き換えに。

「すみません。あの別に副団長が人間味がないとかそういうことではなくて、食堂で普通に食事してますし……でもその副団長と甘いものとかお菓子とかが結びつかなくて……」

アデルが黙ったため、怒ったとでも思ったのか、小柄な騎士はおろおろしている。

「部下の方に侮られてはならないと、お菓子とか甘いものを食べないようにしているのかもしれません。家では普通の、どこにでもいる旦那様ですよ」

あんな格好いいうえに可愛らしい旦那様がどこの家にでもいたら、ライツヘルドは夢の国だと評判になり、女性たちがこぞって不法入国してくるに違いない。あくまで謙遜である。

「そうですよね……あんないつも怖ろしかったら、ローマイア伯爵夫人だって困りますよね。女性の方、それも自分の妻なんですし……副団長も優しくされますよね」

鞭でしごいたり、剣で脅したりしたのか、この年若い騎士団員は鬼副団長ルイスに対し、怯えているようだ。

甘いものが好きだという彼に、辛いものを強引に食べさせたのだろう。自分だって人参が嫌いなくせに、ひどい上司だ。

話をしながら並んで歩いていると詰め所に着いた。

建物の前にはむさ苦しい男たちが五人ほどいて、アデルを見て挨拶をしてくる。

アデルがバスケットごとお菓子を渡すと、口々に礼を言った。

「わたくしの夫は、中におりますか？」

詰め所の中で休憩中か、まだ持ち場にいるのか。

差し入れを渡したのでアデルの用件は終わりなのだけれど、今日立ち寄ることを話していたし、ルイスの顔を見てから帰りたかった。

「副団長、奥様が来ると言って待ってなかったか」

「あ、そういや、女の子と一緒にいたな」

「ロッティが来たから、宿舎に連れていっていましたよ」

（女の子！　ロッティ！）

「まあ。そうですか。そちらに行って探してみますわ」

「差し入れ、ありがとうございます」

礼を言う男たちに、優雅に笑みを浮かべる。

動揺をひた隠しにして、アデルは宿舎に足を向けた。

——ロッティ。

女の子ということは、二十代ではないだろう。

ウサギのような大きな目をした、十代の可愛く若々しい女の子の姿が脳裏に浮かんだ。

浮気、不貞、不倫、不義。道ならぬ恋。または略奪愛。

よく考えてみれば、今日アデルが来ることをルイスは知っている。だというのに逢《あ》い引きするわけがないのだけれど――ロッティという名の響きが可愛らしかったのもあり、対抗心がメラメラとわき、妄想が捗《はかど》った。

（お義姉様だけでは飽き足らず、若い娘にまで手を出していたなんて！）

ライツヘルドは大国のように一夫多妻は許されていない。主君である兄王ですら、妻は一人きりだというのに、伯爵の分際で後宮《ハーレム》を作るつもりなのか。

義姉とのことは全くの誤解であったのだが……多くの女性を周りに侍らせているルイスの姿を想像し、アデルは唇を噛んだ。

きっと正妻だというのに、後宮の隅に追いやられるのだ。

そして毎夜、『ルイス様は私を愛しているから、別れてください。あなたのことを鬱陶しく思ってますよ』と手紙が届く。ときには、『昨晩、ルイス様は私の体のいたるところに触れ、その肉棒でガツガツと……うふふ』といった夜を匂わす手紙を送っているはずだ。

ルイスからはその女の甘い香水の匂いがして、シャツには口紅や白粉《おしろい》がついている。

そして、いずれ――悲しみに泣き暮れるアデルは、正妻の座を狙う小賢《こざか》しい若き女性ロッティに毒殺される。

そんなことを悶々と想像しているうちに、寄宿舎に着く。

男の巣である騎士団の寄宿舎に勝手に入ってよいものか迷っていると、建物の裏手からルイスの声が聞こえた気がした。

アデルは足音を立てないように気をつけながら、声のほうへと足を進め、壁際で耳を立てた。

「何かあった？　黙っていたらわからないよ」

間違いない。愛しい旦那様の声である。

しかし――アデルが耳にしたことのない口調だった。

ロッティとやらも何かを言っているようだが、小声で聞こえない。

「会えないとは言っていないよ。そうではなくて……中で待ちたい？　困ったな。部屋でよい子にしているなら入れてあげてもいいけど……黙って出てきたんだろう。皆、心配している」

優しい口調だ。そしてアデルと会話するときの畏まったものとは違い、くだけた感じだ。

アデルが王族で年上で、主従の関係だったからなのか。年下の女の子なら、あんなふうに喋るのかと思うと腹立たしくなってくる。

「ほら、行こう。泣いていないで。すぐに会えるから」

アデルのいるほうに向かってくる気配がする。

一瞬、逃げようかと思ったが……やめる。

行き違いや勘違いがあっても、その度に話し合い、ときには喧嘩して解決する。避妊薬の一件で、アデルはそう学んだ。

浮気も一緒だ。知らないふりをして見過ごしたところで、夫婦の危機がなくなるわけではない。

正妻はアデルなのだから、臆したりせず、きちんと浮気相手と対峙すべきだ。

ルイスより年下で。どんなに若く、可愛かったとしても。

（王女から側室、側室から未亡人、未亡人から伯爵夫人！　そんな経歴の持ち主であるわたくしに勝つのは十年早いわ！）

若さしか取り柄のない泥棒猫に負ける気がしない。

アデルは自身を鼓舞し、気合を入れて待ち構えた。

「……っ。アデル様」

アデルを見て驚いた顔をしたあと、ルイスは最近二人きりのときによく見せる、緩んだ笑みを浮かべた。

ルイスは信じられないことに浮気相手と手を繋いでいた。

ロッティなる泥棒猫は、大きな赤いリボンをつけていた。亜麻色のふわふわした髪が風で揺れている。

潤んだ緑色のつぶらな瞳が、アデルを見上げた。

（な、なんてこと……っ！）

ロッティのあまりの愛らしさに悩殺され、降参する。

ルイスのことは好きだけれど、こんな愛らしい子とは戦えない。

ここは協定を結び、一夫二妻制の案を通すべきである。

甘やかな未来像にニヤつきかけたけれど、夫がこの可愛らしい子を部屋に連れ込もうとしていた事実を思い出した。

「ルイス……それは駄目よ……」

いくら美形だからといって、許されない。

「こんな年端もいかない子どもを、部屋に連れ込もうとするなんて……」

ルイスの浮気相手は、五歳くらいのあどけない幼女であった。

いくら若い女のほうがよいといっても、若すぎだ。

夫が犯罪臭のする性的嗜好を持っていた。その場合どう対処すべきなのだろう。

何があっても愛し抜けると思っていたけれど、無理なこともある。

この歪んだ嗜好を、正すことができるだろうか。……自分だけの力では無理かもしれない。法に委ねたほうがよかろう。

「お前を憲兵に引き渡します」

「何を仰ってるのです。違います」

幼女と手を繋いで、何が違うと言うのか。それとも——。

「幼い女の子のなりをしているけれど、精神は百歳超えているの？　それなら、ぎりぎり許されるのかしら？」

もちろん語尾は『じゃ』で、一人称は『わし』であるべきだろう。

しかし、いくら心が大人でも、体が子どもである限り許されない気もする。

「違います。この子は団長の、騎士団長のご息女です」

「嘘です！　あんな熊々しい人が、こんな可愛らしい子を産むなんて信じられません」

「産んだのは団長ではありませんが……」

「……お兄ちゃま……？」

下から愛らしい声がする。

「ああ……この方は、おれの……お、奥さんなんだ」

ルイスが屈み込み、幼女と目線を近くにして話しかける。

「お兄ちゃまの奥さん？　お嫁さん？」

「そ、そう、お嫁さんだ」

ルイスの頬がほのかに赤くなっている。

先ほどまで泣いていたらしいロッティは、鼻のあたりが赤くなっていて、そこもまたいじらしく愛らしい。

朗らかな天気のいい正午。

青い空には白い雲がたなびいている。

目の前で繰り広げられる光景にアデルは目を細める。

二柱の破壊神により、自身の何かが壊されていくような気がした。

(これはいけない。あまりに可愛すぎる……)

愛らしい二人の姿に目眩がして、アデルはふらついてしまった。

そんなアデルを支える手があった。

「おい、どうしたっ……アデル様？」

背中を支えられ、振り返ると雄々しい熊のような男が立っていた。

「お父ちゃま」

「お前、なんでここに。また脱け出してきたのか」

とことこと駆けてきたロッティを、騎士団長がふわりと抱え上げた。

そして、それより一足先に、彼女以上の速さで近づいてきたルイスが、アデルの腰に手を回していた。

「いくら近いからって何があるかわかんないんだから、一人でうろうろしたら駄目だろ。約束したろ」

「だってお母ちゃま、あたしじゃなくて、あのこばっか、えこひいきするの」

ロッティは騎士団長の太い首にしがみつき、にこにこと嬉しそうに言う。

「あー、うん」

「あのこ、きらい。いじわるだもん」

「嫌いか……」

「きらい」

唇を尖らせるが、目をまん丸にしていて、本気で怒っているふうではない。

「そうか。うん。まあ、話してみるか」

顔を寄せ合い、会話をしているのを眺めていると、意外なことに二人が似ていることに気づく。

もちろん顔の大きさや、ごつごつ感などはまるで違うのだが、目のかたちの具合とか、唇とかがそっくりだった。

「すまんな、ルイス。アデル様も申し訳ない。ちょっと送り届けてくるわ」

「わかりました」

「ばいばい。お兄ちゃま、お嫁さん」

騎士団長に抱えられたロッティが、小さな手を振った。

アデルはあまりの可愛さに、へらりと顔を歪め、手を振り返した。

「可愛い。可愛くてどうにかなってしまいそう」

「申し訳ありません。来られると聞いていたのに。ロッティを放っておくわけにもいかなくて」

「当たり前よ。あんな可愛らしい子を一人にしていたら、魔王に攫われてしまうもの！ ……わたくしもお前を変質者扱いしてしまったわ。ごめんなさい」

「……誤解が解けたのなら、よかったです」

ルイスがホッとした表情でしみじみと言う。

ロッティは騎士団長の子どもだというが、彼は結婚をしていないという。

ロッティの母親は結婚してすぐに夫を亡くした寡婦だそうだ。

そして、その亡くなった夫と団長は友人であったらしい。ちなみに亡くなったのは十五年も前の話だ。

亡くなった男を挟み、二人の間にどのような想いがあったのかはわからない。

けれど子どもを得たものの、二人は結婚しない道を選んだ。

幼子のためには再婚しほうがよいに決まっているが、部外者が口を挟む問題ではない。

「ロッティの母親はパルケル夫人です」

「そう、パルケル夫人……パルケル夫人？」

パルケル夫人はアデルの家庭教師であった女性である。

身分は高くなかったが才女で、若くして夫を亡くしたこともあり、王宮で住み込みの教師として雇われていた。

今は兄王の子ども、アデルの甥の家庭教師をしていると聞いていた。

確か初めてパルケル夫人と会ったのは、アデルが十歳の頃だ。彼女が何歳なのかは知らない。

「ロッティも夫人と一緒に、王宮で暮らしているの？」

「ええ。最近になって、王太子殿下たちと一緒に勉強するようになったみたいです。ですがパルケル夫人というより、殿下たちと上手くいってないようで、ときどき、脱け出しては団長のところに来るんです」

「そうなのかしら。まあ、それも少しはあるのだろうけど。単にお父様に会いに来ただけにも見えたわ」

騎士団長の姿が見えるなり、泣いていたことが嘘のように、満面の笑みを浮かべた幼子の姿を思い出す。

「しかし、いじめられたと泣いていたのですよ。送り届けようとすると、いじめられるから帰りたくないって」

「そう言われたから、ルイスは部屋で団長さんが来るまで、待たせてあげようと思ったのじゃない？」

「まだ五歳の子どもです……」

「子どもってわたくしたちが思ってるより、ずっとしっかりしてるし、ずる賢いのよ」

ずる賢さのかけらもないようなロッティの姿を、思い浮かべたのだろう。ルイスは眉間に皺を寄せて、考え込んでいた。

子どもがどんなものなのか、ルイスに教えてあげたい。

「ねえ……」

今晩は早く閨に籠もり、子作りに励もう——そう言おうとしたのだが、ルイスの指がアデルの唇にそっと触れる。

「昼間から、おかしなこと言っては駄目ですよ」

ルイスは柔らかな笑みを浮かべて言った。

ロッティにも見せないだろう、アデルだけに見せる甘く優しい微笑みだ。

幼い女の子にまで優越感を抱いてしまった自分がおかしくなった。


いつもは午前中だけなのだが、この日は午後からも訓練があった。

ルイスの休憩が終わるのを待ち、少しだけその様子を見学して帰ることにする。

鬼教官の『しごき』を期待していたのだが、ルイスは無表情なものの厳しくはなくて、和やかな雰囲気で騎士たちを指導していた。

なぜか、バスケットを半分持ってくれた小柄な騎士を始め、皆一様に微妙な表情を浮かべているのが謎だった。

後日談　幸せのかたち

あるところに、不幸なお姫様がいた。

お姫様はある日、干からび弱っている亀を救け、海に帰してやる。

数年後、意地悪な継母や異母妹にいじめられて、小屋に閉じ込められているお姫様のもとに、美形な青年が現れる。

あのとき救出した亀であった。その証拠に、青年は大きな甲羅を背負っていた。

青年は可哀想なお姫様を海の国に連れ帰った。

「このあと、お姫様はどうなったのです？」

「幸せに暮らしました」

「海で、ですか？」

「そうよ」

「人間は海では暮らせません。溺れて死んでしまいます」

「…………そうね。魔法よ。魔法の力で」

「魔法がある世界観なのですか？　始まりから最後まで、一度も魔法、という言葉が出てきていないのに？　おかしいと思います。これはぼくが思うに、海に行ったというのは暗喩でしょう」

「あんゆ……？」

「お姫様は死んだのでしょう。死を海に行ったと表現した。甲羅を背負った青年も、幻です。そうであるならば……最初に救ったとされる亀も、実は死んでいたのでは。死骸を海に帰してやったのです」

そんな救いのない本を、子ども向けの絵本にしたというのか。

死の教訓が込められているのだろうか。けれどいくらなんでも、ひどすぎだろうと膝の上に広げていた本に目を落とす。

「母上。なぜこのような救いのないお話をぼくに読み聞かせたのでしょう。何か意味があるのですか」

真剣な口調で訊ねられ、アデルは一瞬戸惑う。しかし――。

「ないわよ。それに、これはそういうお話ではないの。幸せなお話なの」

アデルは長椅子の隣に座る少年の栗色の髪を、撫で回しぐしゃぐしゃにした。

「もうっ。あなたのせいで、この絵本を読めなくなるわ。気に入っていたのに」

（きっと深い意味などない。たぶん）

けれど、指摘されると、死んでいるというふうに読めてしまい、読むとこれからもモヤモヤしてしまいそうだ。

「ぼくのせいではなく、海でどうやって暮らしたのか、詳しく書いていないこの本が悪いと思います」

物語なのだ。すべてを描く必要はなく、読者の想像に任せるというか……『そして皆幸せになりました』で終わるのが美しいのである。

歴史物の長編ならともかく、登場人物が老いて亡くなるまで読みたい人などそういない。

アデルの息子は、今年で八歳になる。曖昧なことが許せず気になってしまう彼は、おそらく、物語を読むのに向いていないのだろう。

栗色の髪に焦げ茶色の瞳。アデルによく似た顔立ちなのだけれど、性格は正反対だ。

夢見がちではなく、頭もよく、口も立つ。

八歳だけど大人びていて、立派で自慢の息子であるのだが、趣味も性格も全く合わない。

息子だからといって、アデルの一番近くの理解者でもなければ、分身でもないのだ。

「今度、歴史書を買いに行きましょう。たくさんお勉強なさい」

「はい」

息子には夢や優しさで溢れている絵本より、史実を考察している本のほうが向いている。

息子が真面目な顔をして返事をしたのと同時に、ガチャという音がして扉が開いた。

小さな女の子を腕に抱えた美形の男——娘を連れて散歩に出かけていた愛しい夫のルイスが帰宅した。

「おかえりなさい」

「ただいま……途中で、眠たくなったみたいで」

世界一安心できるであろう腕の中で、黒い瞳は閉じて合わせ、口を半開きにして娘は眠っていた。

「まあ」

「寝室に運びましょうか」

「もうすぐ、お昼だし、少しして起こしましょう」

アデルは膝の上に広げていた本を閉じてテーブルの上に置く。

手を広げると、ルイスが慎重に娘をアデルに渡した。

娘は三歳になった。最近、身長が伸び、体重も重くなった。

「絵本？」

テーブルに置かれた本を手に取り、ルイスが息子を見下ろす。

「はい。母上に読んでもらっていました。父上はどう思われますか……ぼくはこれは死の暗喩だと思うのです。母上は幸せなお話だと」

「おれは……この絵本を読んだことがないから、わからないな」

「……読んだことがないのですか？」

「ああ」

昔からある有名な絵本だったけれど、ルイスは知らないらしい。

女の子向けの絵本だったし……夫は満ち足りた幼少時代を送っていなかった。そのせいなのかもしれない。

「わたくしが、読んであげましょう」

「いえ。ぼくが父上に読んであげます！」

アデルが彼のために読もうと思ったのだが、息子がルイスが手にしていた本を取り上げてしまう。

ちょっとだけ悔しかったけれど、父のためにハキハキと読み上げる息子も、愛おしげな目で子どもたちを見つめるルイスも、アデルの膝の上で眠りこけている娘も、すべてが可愛らしく尊い。

息子は学者になるのが夢だという。夫似の娘の夢はお花屋さんだ。

（息子はきっとルイスのような騎士を目指し、娘は読書好きになるだろうと、思っていたけれど）

想像していた子ども像や、未来とは少しだけ違うが、アデルは幸せな毎日を送っている。

もしかしたら、明日、一家ごと異世界召喚されるかもしれないし、このあとすぐ未来人がやって来て、衝撃の事実が明らかになるかもしれない。

けれど——これからもきっと、末永く幸せに暮らしていくことだろう。

あとがき

この度は拙作をお手に取っていただき、ありがとうございます。

このお話は小説投稿サイト『ムーンライトノベルズ』にて投稿していた中編小説を改稿し、新たなエピソードを加筆したものになります。

はじめて読まれる方だけでなく、すでに読了済みの方にも新たな物語を楽しんでいただけたらと願っております。


まずは補足としまして、番外編と後日談について。

後日談はその名の通り本編後のお話。番外編は本編内での誤解が解け、アデルが妊娠するまでのお話になります。

時系列がわかりにくいのですが、本編には入れにくいエピソードだったので、このようなかたちになっています。


登場人物については、アデルの未亡人設定に少々悩みました。

作中でアデル自身も語っているのですが、恋愛小説において初めて体を捧げる相手がヒーローでないのは、どうなのだろうと……。

実はかたちだけの結婚だった、というのもアリかなと思いましたが、お話の核となるアデルという天然でありながらも王族としての自覚があるキャラクター、そしてルイスの一途さに欠かせない設定でもあったので、迷うのをやめ、突き進むことにしました。（決して私の性癖のせいでは……ないのですよ……）

書籍化を後押ししてくださった担当様には、ただただ感謝の気持ちでいっぱいです。

本を手に話しかけるアデルと、一途に見つめるルイス。物語の一場面のような幸せ空間を描いてくださった氷堂《ひどう》れん先生。

この本の完成まで導いてくださいました担当様をはじめ、出版に携わってくださったすべての皆様。

WEB投稿時、面白いと仰ってくださいました読者様。そして今、この本を手に取ってくださっているあなたに、心より感謝を申し上げます。

ありがとうございました。

どこかでまた出会えたら嬉しいです。

イチニ

フェアリーキス
NOW ON SALE
御鹿なな
北沢きょう
王女様に婚約を破棄されましたが、おかげさまで幸せです。
不遇の伯爵令嬢、
婚約破棄からの大逆転!?
幼馴染みのハロルドとの婚約を破棄された伯爵令嬢のセレイア。我が儘王女様が美貌の騎士である彼に一目惚れして略奪し、邪魔者扱いされたのだ。辺境伯に嫁ぐよう命じられるが、お飾りの妻宣言をされ冷遇される。一方ハロルドはセレイアを諦めきれないまま紛争地へ出征する。初恋を一途に貫く堅物騎士と、運命を粛々と受け入れる不遇の令嬢。恋に純粋であるが故に不憫な辺境伯。三人の思いが行き着く先は!?
フェアリーキス
ピュア
fairy kiss
Jパブリッシング
https://www.j-publishing.co.jp/fairykiss/
定価：本体 1200 円＋税

フェアリーキス
NOW ON SALE
元王太子妃候補ですが、現在ワンコになって
殿下にモフられています
Mont d'Or
モンドール
Illustration
朝日川日和
犬ラブ王子の全力もふもふテクに
絶賛困惑中です！
王太子妃有力候補だったのに、性悪のレッテルを貼られた挙句何者かに犬に変身させられた伯爵令嬢。だがそれを知らない王太子が、今までの紳士的ながらもそっけない態度を一転、全力で愛でてくるようになり!?
第三回フェアリーキス大賞銀賞作品、待望の書籍化！
フェアリーキス
ピュア
fairy kiss
Jパブリッシング
https://www.j-publishing.co.jp/fairykiss/
定価：本体 1200 円＋税

出戻り（元）王女と一途な騎士

著者　イチニ

2021年2月5日　初版発行

発行人　神永泰宏

発行所　株式会社 J パブリッシング
〒102-0073　東京都千代田区九段北1-5-9 3F
TEL 03-4332-5141　FAX 03-4332-5318

製版　サンシン企画

印刷所　中央精版印刷株式会社

ISBN：978-4-86669-364-4
Printed in JAPAN